閉じる幸せ

残間里江子
Zamma Rieko

Notus

Boreas

Zephyrus

岩波新書
1510

はじめに

ある日、「そろそろ閉じてみよう」と思いました。
閉じると言ったって、人生を閉じようというわけではありません。
「今の自分」を終わりにしたいと思ったのです。

ものごとがうまくいかないから、嫌気がさして終わりにしたいわけではないのです。
わが人生も山あり谷あり。断崖絶壁に立たされることもしばしばでした。
それでも、生きることに大きな喜びを感じる毎日です。

家が貧しく、病弱だったこともあるのでしょう。子どもの頃からずっと、「変わりたい」と思いながら生きてきました。ただ、私の「変わりたい」は、私自身が変わるということではなく、私を取り囲む環境、私の置かれた状況が変わらないかという願望だったようです。

環境や状況がいくら変わっても、私自身の根幹が変わらないかぎり、何ひとつ変わらない。自分というものは、自分が思う以上に堅牢なものです。よほど大きな出来事にでも遭遇しないかぎり、おいそれとは変わらない。「変わりたい」などと言っているうちは、まだまだ。何も変わりはしないのです。

もう「変わりたい」とは思わないことにしました。

そこで考えたのが「閉じる」です。

私の考える「閉じる」は、いったん締めくくり、自分にケリをつけるということ。ここでいったん締めくくってみて、うまくケリをつけられたなら、また新しいエネルギーが湧いてくるかもしれない。いいえ、自ら意識して閉じるのですから、閉じるエネルギーで、次の新しい扉を開くエネルギーが出てくるに違いありません。

人から閉じられるのではなく、自分から閉じる。これからの自分には何が必要で、何が不要なのか。何を捨てて、何を残すのか。閉じることを通じて、自分の価値観もはっきりと浮かび上がってくるはずです。


プロジェクトという言葉には「前に投げる」という意味もあるそうです。

この先もつづく長い人生をより活きいきと生きるために、古い自分を捨てて新しい自分と出会うために、この本では「閉じる」ということを、ひとつのプロジェクトとしてとらえてみたいと思っています。未来に向かって、自分の身を投じてみるのです。

居心地のいいところに安住していないで、思い切って閉じてみましょう。

この本が、読者のみなさんの人生に新たな地平を開くヒントとなれば幸いです。

閉じる幸せ

目次

序章

そろそろ閉じてみよう

「そろそろ閉じてみよう」と考えた直接のきっかけは、母の介護でした。

これはとても書きにくいことで、今こうして書きはじめても、このまま書くべきかどうかまだ迷っています。でも正直にいえば、母のことがなかったら、この本のテーマである「閉じる」という考えをもつことはなかったと思います。

父が亡くなり、横浜で独り暮らしをしていた母。ある日、家を訪ねたとき、焼け焦げた鍋が放置されていました。それを見て、息子と私が住む東京のマンションに呼び寄せる決心をしました。

ただ、昔から自立心の旺盛な人です。わかってはいたことですが、すぐには「うん」と言ってくれません。

「好きなときに本を読み、好きなときに文章を書いていたい。誰にも束縛されたくないから独りがいい」

どうしてもそう言い張るので、一計を案じました。幸い、マンションの階下にある1LDKの部屋がちょうど空いたので、そこに独りで住まわせることにしたのです。


それからは毎日三食を母の部屋に運ぶ、半介護状態の日々が八年ほどつづきました。ところが、九六歳の声を聞いた途端、転倒したり腸炎を起こしたりと、目に見えて衰えていき、ついに本格的な介護が必要になりました。

最初の脳梗塞で視野が右二〇度程度しかなくなったものの、海馬《かいば》に異常はなかったので、ときどき自分が病気であるのを忘れることを除けば、意識レベルは八割がた正常でした。

それが、二度目の脳梗塞を起こし、全盲・右半身麻痺になってからは、二四時間つきっきりの完全介護状態になってしまいました。昼間はお手伝いさんやヘルパーさんに助けてもらい、夜間は私が看ることになったのです。

物心がつく前に養女に出され、肉親の情に薄かった母。その最期を看取るのは実の娘である私だと思っていたので、介護の覚悟はできていたつもりです。

けれども、その現実の過酷さたるや！　想像を絶するものでした。

シャワーを浴びさせているときに上から糞尿が降ってきたことも、一度や二度ではありません。結局、主治医の先生から「ここまで病状が進むと素人の介護では無理です」と言われ、泣く泣く介護ホームにお世話になることにしました。

「死にたくない」

それが母の口癖です。百歳を間近にひかえ、耳が聴こえなくなっても、目が見えなくなっても、身体がきかなくなっても、死ぬのを極度に恐れています。

とくに、父が亡くなったあとは「向こうに呼ばれたくないから」と言って、回忌法要以外は墓参もしなくなりました。三回忌や七回忌で墓参せざるをえないときも、拝

むより先、墓前に立つなり、

「お父さ〜ん、私にはやらなければならないことがあるのですから、まだ呼ばないでくださいよォ〜」

と叫んでから手を合わせるのです。

母の「やらなければならないこと」とは、作家になって世に出ることです。子どもの頃から本を読みあさり、作文コンクールでは好成績をおさめ、国鉄職員時代は広報部に籍を置き広報誌で記事を書いていた母は、いつしか作家になる夢を抱くようになっていました。いえ、それは夢というより、身を焦がすほど狂おしく激しい「執念」と呼ぶべきものなのかもしれません。

デビューのチャンスは何度かあったそうです。ただし、事業に失敗して困窮生活におちいった養父母の面倒をみなければならず、作家デビューどころではなかった……と、いうのが母のいつものエクスキューズです。

「あら、林芙美子は親をしょい込んでも大成したわよ」と私が言うと、

「あの人は親の面倒は見ていませんよ。成功してから親に良くしてあげたのよ。私はどこに行っても追いかけてくる親を見放すわけにはいきませんでしたよ」

と悔しがって、よく涙をこぼしたものです。励ます気持ちもあったのですが、いま思うと意地悪な娘でした。


私が短大に入学した年の春のこと。母がふいに私を訪ねてきました。待ち合わせの東京駅丸の内北口で顔を合わせるや、開口一番、母はこう言いました。

「あなたのところに行く前に、どうしても行かなければならないところがあるの」

バスに乗って着いた先は、とある大手出版社の前でした。

荘重な石造りの出版社の建物の中に、粗末な洋服を着た母が紫色の風呂敷包みを抱えて入っていきます。その姿を、私は呆然と見つめていました。道すがら、これまで書きためた六百枚の小説原稿を読んでもらうために来た、と聞いていたからです。

裏面にその出版社の名前が印刷された古い茶封筒を見つけたのは、それから四五年後、母が介護ホームに入ったときのことです。

原稿は、あのときと同じ紫色の風呂敷に包まれたまま、母の押し入れの奥から出てきました。ふと見ると、原稿用紙の束とともに一通の手紙があります。

「社の規定で、知らない方からの持ち込み原稿はお断りすることになっているのですが、力作とお見受けしましたので拝読しました。しかし、残念ながらこの原稿は本には出来ないと存じます。主人公にご自分が投影されているのだと拝察しますが、それならなおのこと、こんなにも主人公が美化されていてはいけません。こんなに健気で、こんなにいい人が、運命に翻弄されるという書き方では読者の共感は得られません。これはこのままにして、新たな作を創られることをお勧めします」

いかにも文芸の編集者らしい美しい文字で、とても丁重な断りの手紙でした。

私なら書くこと自体やめてしまったかもしれません。ところが、母はどうしても諦めきれなかったらしく、いえ、諦める気など毛頭なかったのでしょう、それから何度も書き直しを試みていたようです。少なくとも四回は書き直しの跡が見える、原稿のコピーも残っていました。

悪いとは思いつつも、最初に書いた原稿だけを残して処分することにしました。

もう二度と、母はこの部屋に戻ることはない。

厳しい現実と向き合わざるをえなくなり、私は母の荷物を整理することにしました。大半が、書籍と母の書いた文章類です。紙縒《こよ》りで綴じた短篇原稿の山、孫に向けて書くことで読みやすさを狙うのだと言っていたエッセイが数十編、日記、七七歳から通いはじめたシナリオ学校での習作など。一番多かったのは、便箋や大学ノート、折り込み広告の裏につづられた身辺雑記のメモ類です。その日の天気、だれが何を言い、自分は何をどう思い、感じたか。微に入り細をうがって克明に書かれてあります。
よく読むと同じ話が何度も書かれていたり、いくつかは母の思い込みで、読んだら気に障る人もいるかもしれない文章です。それらすべてに目を通し、重複しているものや、残しておいても仕方がないと思われるものは、全部シュレッダーにかけました。四五リットルのゴミ袋で二十個あまり。母の執念を切り刻んだことで罰があたったのか、シュレッダーは壊れてしまいました。

削っても、削っても、もうこれでおしまいだと思っても、またどこからともなく出てくる母の文字。母の執念がそこここに宿っているようで、怖いくらいでした。白紙の原稿用紙も数百枚あり、未使用の大学ノートも数十冊ありました。便箋もふくめると、大型のケースに入れても収まらないほどの量です。おぼつかない足取りになっても、母は文房具屋さんに行き原稿用紙を買っていました。白紙の原稿用紙は、母にとって作家という夢への架け橋だったのかもしれません。

全盲になった今も文章を書いているつもりなのでしょうか、少し動くようになった右手を振りかざしながら、声に出して文字を書くパフォーマンスをしています。

そんな母を今になってようやく静かに見られるようになりましたが、少し前までは、目を背けていました。「この道での可能性はない」と人に諭されても諦めない、母の燃えさかる執念の炎が、哀しかったのです。

いいえ、正直にいえば、恐ろしかった。

望みを捨てず、文学を生き甲斐に人生を支えてきた母の姿には、感動もするし、尊敬の念も覚えます。この母の子なのだから、私も望みを捨てずに頑張れる。そういう思いで、これまでの人生を乗り切ってきました。

でも、血の繋がりからくる直感なのか、母には悪いと感じながらも、このままでは私自身も母のようになりかねない気がするのです。

私にも、やりたいことがまだあります。もし志なかばで倒れたとき、その不測の事態をはたして受け入れることができるかどうか……。わが身の不運を嘆き、負け惜しみついでに「引かれ者の小唄」をいつまでも歌っているかもしれません。

「閉じどき」を逸してはならない。

老いも若きも、男も女も、人生の折々には必ず「閉じどき」が訪れます。母の人生と私の人生とを重ね合わせてみたとき、開きっぱなしだったはずの私の人生にもいくつもの「閉じどき」があったように思います。その「閉じどき」を逃さず、勇気を奮い起こして閉じたからこそ、なんとかここまでやってこられたのかもしれません。

今また、新たな「閉じどき」が訪れている気がします。

逃げたり、諦めたりということではなく、よりよく生きるため、今までの自分を脱ぎ捨て、ここでいったん閉じてみよう。

なにかに囚われて思いを残すことなく、人生を最後まで生き抜き、命をすべて使い切るために、颯爽と閉じてみよう。

私は、決意をかためました。

第1章

閉じるは、いろいろ

閉じるは、ジ・エンドではない

「今度『閉じる』をテーマにした本を書こうと思っているの」

何人かの友人に話したら、一様に怪訝な顔をされました。

「閉じるなんて、命の終わりみたいじゃない！」

「老い支度の一種なの？」

「何だか縁起が悪いわね」

「それを言うなら〈離《リ》・切《セッ》・止《ト》〉がいいんじゃない？」……等々。

たしかに広辞苑にも、「閉じる」という言葉の意味は「終りにする。終える」と書かれています。

でも、私がここで言う「閉じる」は、ジ・エンドではありません。

人生にエンドマークがつくその日まで、活きいきと生きていくために——。自分をあえて「閉じてみる」のもいいのではないか。そんなふうに考えたのです。

だって、今の世の中、誰とは言いませんが「開きっぱなし」の人が多いと思いませんか？　かく言う私も「開け！　開け！」「もっと！　もっと！」の波に乗って生きてきたことは否めません。ビッグ・ウェンズデーの大波を求めて、死にものぐるいで世の中を波乗りしてきたように思います。それでも、気持ちのどこかではいつも「このまま行くはずはない」と感じていました。

かつて一九五〇年代の終わり頃、評論家の大宅壮一さんは、テレビ時代の到来を評して「一億総白痴化」と言いました。昨今、とくにこの一、二年の日本社会は、一億とはいかないまでも「総じて躁状態」と言えるくらい、妙に調子づいているように見えます。

「このまま行くはずはない」
という私の直感が、ムズムズ動き出しています。

二〇〇一年十二月、〈大人から幸せになろう。〉というテーマの自主企画事業をプロデュースしました。サブテーマは「５０歳を越えたら自由に生きてかまわない」。五十歳以上の各界の有識者が多数、パネリストとして参加してくれました。

そのときのパンフレットに書いた私のメッセージを、十数年ぶりに読み返してみました。

「大人がまっさきに幸せな笑顔を見せることができたら、この国はもっともっと素敵に輝く。あとに続く若い世代も、大人になるのが待ち遠しくなるはず。（中略）じっと目を凝らすと、自分自身の欲望を満足させる自分から、自分以外の人を幸せにする自分へと歩みを変えはじめている人たちも少なくありません。あと一つや二つ、人生に新しい場面や新しい役割を創りたいと、勇気ある一歩を踏み出し、未知なる自分を探す旅に出ようとしている人もいます。（中略）まずは彼らの声に耳を傾け、その語らいの中で、私自身も『新しい大人像』の輪郭を深めていければと思っています」

このイベントで、自分自身を自由に生きている人とたくさん出会いました。私が「素敵だなぁ」と感じた人たちは、自分が本当にやりたいことのためには、それ以外のことをストップさせる勇気をもっている人たちでした。

活躍のバロメータが「テレビに出ていること」と言われがちな芸能界にあって、これからはテレビ出演をやめて、一〇〇人しか入らない劇場で芝居をやることに決めたという人もいました。ボランティア活動のために、本職の仕事を減らしている人もいました。本当にやりたいことを実現させるために、自分の手で自分の「窓」を閉じる。そんな潔さをもった人たちが、何人もいたのです。

この出会いをきっかけに私は、自分が自分らしく生きるためには、どこかで自分を閉じなければならない、と思いはじめたような気がします。

この章では、自ら閉じることで得たエネルギーを使い、新しい地平に向かって歩み出している人たちを訪ねてみたいと思います。

どの人も、私の人生の中で出会った大切な人たちです。その生き方に、何かヒントがあるかもしれません。

人生の羅針盤

還暦を機に「自分の生き方を変えたい」と思う人は少なくありません。
還暦とは、六十年で再び生まれた年の干支に還るということ。英語で言えば re-born でしょうか。「ここからは別の人生を」と決意表明のためのパーティを開いて、赤いちゃんちゃんこの代わりに真紅のドレスを着る人もいれば、記念旅行に行く人もいたりと、私の周りには還暦に思いを託す人が多いようです。けれど、月尾《つきお》嘉男《よしお》さんほど見事に還暦を人生の区切りにした人はいないと思います。

私にとっての月尾さんは、折々進むべき道を指し示してくださる「人生の羅針盤」のような存在です。何か新しいことを始めるときや、迷ったり惑ったりしているときには、時間を作って話を聞いていただいています。

その月尾さんが五十代も終わりに近づいたころ、こうおっしゃいました。

「六十歳になったら、今やっている仕事はすべて辞めるつもりです」

あの月尾さんが、まさか引退だなんて。私は信じていませんでした。


月尾さんは東京大学教授のころから、日本の社会構造・産業構造を転換する必要性を指摘し、時代が大きく変わりつつある中で、私たち自身も価値軸を大転換しなければならないと呼びかけてきました。

時代の先の先を見通す力をもち、国の審議会や委員会の委員を歴任し、多くの委員会で座長となり、積極的に政策提言をしていました。東京大学時代の最後の一年間は総務省総務審議官も兼務するという、縦横無尽の活躍ぶりでした。

それが、二〇〇三年、東京大学を退官すると同時に、本当にすべての公職から退いてしまったのです。そして、翌二〇〇四年一月、還暦記念旅行にしては過酷すぎる南米大陸最南端・ホーン岬をカヤックで周回する旅に出たのでした。

「その八年くらい前にこの海域をカヤックで漕破した人の写真を見て以来、その光景に抵抗し難い魔力のようなものを感じてね。悪女に魅入られた男のようなものだね。それでいつかはこの魔境に侵入したいという夢想が生まれたんですよ」

ホーン岬沖合は、これまで幾多の船舶と船員を呑み込んできた難所です。カヤックでは数組しか漕破に成功していない危険な海域だといいます。

旅立つ少し前、私と当時月尾さんの仕事を手伝っていた女性と三人で別れの宴を開きました。あまりに私たちが心配するので、月尾さんもちょっと不安げな表情を見せながら、まるで今生の別れのような盃を交わしたのでした。

お正月が明けてすぐに成田空港を出発。チリ最南端の僻村プエルト・ウィリアムスをカヤックで出発して、二十日間の荒海での苦闘の末、二月十三日午前十時十分すぎにホーン岬の周回に成功したのでした。

「世界有数の難所をカヤックで漕破しようというのだから、あとで聞くと狂気の沙汰と思った人もいたみたいだね。それまでの約十年、カヤックをやってはいたけれど、何と言っても還暦だからね。今から考えると、自分の人生にとってどれだけ意味のあることだったのかはわからないけれど、還暦という肉体の区切りの時期に、精神の区切りになったことだけは間違いないと思うね」

私も月尾さんに連れられて北海道でカヌーを体験したことがあります。とはいえ、のどかな川をただ流れに沿って下っただけ。荒海での航海の恐ろしさなんて想像すらできません。帰国後に記録映像を見せていただいてようやく、いかに危険な大冒険であったかが納得できたのでした。

さて、念願のホーン岬周回が成功して一応の区切りはついたのでしょうから、少し落ち着いたら仕事を再開されるのだろうと思っていました。ところが、いつまで経っても何もなさらないのです。

一九九〇年代の終わり頃、月尾さんは「地域から変わっていかなければ日本に未来はない」との思いから、改革派の知事たち（三重の北川《きたがわ》正恭《まさやす》知事、岩手の増田寛也知事、宮城の浅野史郎知事、秋田の寺田《てらだ》典城《すけしろ》知事、高知の橋本大二郎知事、岐阜の梶原《かじわら》拓《ひろむ》知事）を集めて、「『地域から変わる日本』推進会議」という組織をつくりました。私は事務局長のような立場で、その世話係をやっていました（知事たちは自費参加で、私たち事務局メンバーもボランティアでした）。

その頃から、月尾さんは全国に地域おこしのための私塾をつくって、足繁く通っては地元の人との勉強会などを開いていました。ご自分が企業の講演などで得た収入を使い、ときどき三屋裕子さんや大石静さんらを現地に連れて行ったりして、自前のシンポジウムを何度も開催していました。

この第一期改革派知事の後につづけとばかり、次々と新しいタイプの知事が現われましたが、月尾さんが構想していたような地方自治はいまだ実現されていません。

最近、二人きりで話す時間があったので、ちょっと挑発してみました。

「あの旅からもう十年以上たちますけど、今の世の中を見ていて、仕事から退くのが少し早すぎたとは思いませんか。いまどき六十歳で辞める人なんていませんよ」

月尾さんは、ニコニコするばかりで取り合ってくれません。

「僕は杉浦日向子さんの影響を受けていてね、会うたびにいつも言われていたんですよ。『先生、若隠居ですよ』ってね。さすがに彼女のように三十代で隠居はできなかったけれど、五十代になった頃から徐々に目覚めましてね。

考えてみれば、僕らは〝進歩史観〟の中で生きていたわけです。社会は理想とする最終の状態を目指して、多少の行ったり来たりはあっても、時間の経過とともに着実に発展していくもので、現在はその途中にあるという考え方ですね。でも、進歩の途中にあるのに、環境問題は出てくるわ、資源問題は出てくるわ、格差問題は出てくるわで、矛盾だらけです。この哲学は地球がまだ〝無限〟だったころ、つまりガソリンも使い放題、木も切り放題の時代に生まれたものです。ところが、人口が増えて資源を加速度的に消費するようになると、この考えはおかしいのではないかと思うようになって……。

でも、僕はそのころ国立大学や役所に籍を置いていましたから、自由にものが言えないわけです。それで、公職を全部辞めてフリーになろうと思ったんです。その集大成が〈地球千年紀行――先住民族の叡智に学ぶ〉というテレビジョン番組です。近代の西洋文明から外れた人たちの生活を見れば、今のわれわれの何がおかしいかがわかるはずだと思いましてね」

月尾さんは二〇一四年春までの六年間、世界の二十の先住民族を訪ねて、彼らの暮らしや文化を年に数回ずつ、ＢＳの特別番組で紹介していました。地球上の多種多様な環境の中を生き抜いてきた先住民族の人たちから、私たちは何をどう学ぶことができるのか。そう問いかけてきました。

ホーン岬周回も厳しい旅でしたが、六年にもわたるこの旅も、アマゾン川の源流、赤道直下の孤島、アフリカのサハラ砂漠、スカンジナビア半島のラップランド、カナダの北極圏といった過酷な辺境の地ばかり。何度か命の危機にも瀕したようです。

「これからはたまに本を書いたり講演ぐらいはしますが、表立った活動はしません。全国に二十近くある私塾を回って歩いて、地元の清流でカヌーに乗ったり、今では親しい友人になっている塾生たちとのんびり隠居暮らしを楽しみたいと思っています」

一度完全に閉じたからこそ得られた平らかなる境地。「月尾山頭火」の旅立ちです。

畏れ多いことなのですが、私たちは共通の親しい友人たちから「残月コンビ」と呼ばれています。還暦までの自分をきれいさっぱり捨て、月尾さんは新境地を拓いて歩んでいるというのに、私はといえば、明け方になっても取り残されている欠けた月のような気がしてなりません。

運命を感じて

仕事を主軸に生きてきて、それなりに生活できるようになった。欲しいものも買えないことはない。幸いなことに、いまのところ心身ともに健康。

……でも、これで本当にいいのだろうか？

「まだまだ若い」と思っていても、ふと周りを見れば、病を得た友もいる。年下の友人が先立ってしまうこともあります。自分の人生だけうまくいっていても、幸せとは言えないのかもしれない。若き日に熱い政治の季節を体験した大人世代が「自分以外の人のために何かしたい」と思いはじめるのは必定なのかもしれません。

人の思いはさまざま。どんな思いやきっかけからであれ、自分以外の人の幸福を考え、行動にうつす姿勢は尊いものです。それでも、銀座の老舗高級クラブ〈グレ〉のママ、光安久美子《みつやすくみこ》さんから「私、NPOを設立しようと思うの」と言われたときには、さすがにわが耳を疑いました。

銀座で「高級クラブ」とよばれる店は数々ありますが、なかでも〈グレ〉は、作家をはじめ、政治家、財界人、芸能人などが訪れることで知られる名門クラブです。私も何度か知人に連れて行ってもらいましたが、女の私にとっても居心地の良い空間でした。お客は女の子目当てというより、店に来ている他の客を意識し、所作を横目で見ながら男を磨くといった感じ。若き経営者たちの間では、「〈グレ〉に行けるようになったら、男として一人前」と言われているそうです。

二〇〇二年から〇三年ころ、長年切り盛りしてきた〈グレ〉を引退しようと決意した光安さんは、新しいママに店を引き継ごうと後継者探しを始めます。

「安心して店を譲れる人がいないかと思って、銀座で仕事をしている仲良しの呉服屋さんに一年がかりで探してもらいました。呉服屋さんだと人間性とかセンスを見抜いてくれると思って。一年後に呉服屋さんから『この人がいい』と言われて、私も『この人だ!』と思ったのですが、断られてしまって、三年がかりで口説きました。銀座の歴史の中には『次の人に譲る』と言って、本当に譲った例ってないんですよ。結局、ママが最後までやるか身体を壊してやめるかなんですよね。彼女は二十代でしたし、昔私がいた店の後輩で、半年でナンバーワンになった人でした。ようやく承諾してくれて、それから三年半、一緒に働き店を譲ることにしました。二〇〇八年、グレ三二周年の三月二二日にバトンタッチのお披露目をしました」

何でも徹底してやる光安さんは、彼女の両親とも面談をしたそうです。会社を辞めて娘をサポートしていた父親と経理を預かっていた母親が、心から娘を応援している姿を見て、最終的に委譲を決めたといいます。

銀座始まって以来の交代劇。お客さんが戸惑っては困ると思い、店の権利を譲ったあとも一年間は顧問として、ときどき店に顔を出していました。
「新旧のママが仲が良いということをアピールしておかないと、以前のお客さんが来にくいと思って。でも、顧問も終わって〈グレ〉は完全に新しいママのお店になったから、ここで私も晴れて引退となったのです。当初の予定から十年遅れてしまったけれど、ようやく水商売から抜け出すことができたんですよ」

晴れやかにそう話す光安さんですが、それにしても、なぜNPOなのでしょうか？光安さんほどの人だったら、第二の人生を生きるとしても、他に道は沢山ありそうなものなのに……。

光安さんが歩み出そうとしていた新たな道は、フィリピンのストリート・チルドレンを救う活動でした。
「急に思いついたことではないの。もう五、六年も考えてきたことなのよ。ストリート・チルドレンについては、三十年ほど前にちょっとした手違いからカリブの高級リゾートに行くつもりがハイチに行ってしまって、現地の貧しさを目の当たりにして、驚きはしたけれど、それはそれで終わったの。その十年ぐらい後でハイチのスモーキーマウンテンの子どもたちのドキュメンタリーを偶然見たとき、自分でも信じられないほど涙が止めどなく流れて、涙の出方が尋常じゃなかったの。私、どうしたんだろうって思って、そこからとても気になって、真剣に考えはじめたんです」

自分は何のために生きてきたのか？と光安さんは思うようになりました。

「これまで私がしてきたのは、お客さんと一緒にお酒を飲んで、遊んでいただけじゃないかって。お酒も、贅沢な料理も、旅行も、遊びも好きなことは何でもやったけど、でも、それだけでは満足できないんですよ。それまでに能をかなり本気でやって舞台にも立ったけれど、趣味は生きがいにならなかったし……。そしてごく自然な流れとして、残りの人生を社会のために、無償の愛のために使いたいと考えるようになったんです」

〈グレ〉の後継ママを探したときと同じように、光安さんはここでもまた、情報収集から始めました。

「素人ですから、何から手をつけていいのか皆目見当もつかなかったのですが、私がこういうことをやりたいと声に出していくにつれ、教えてくださる方も出てきたんです。世界中にストリート・チルドレンはいますが、いま、フィリピンが一番ひどい状況で、マニラ近郊でも五万人から七万五千人がいると言われているので、フィリピンから始めることにしたんです」

そうしてNPOやボランティアのことを調べていくうちに、雇用創出に重きを置くソーシャル・アントレプレナー(社会起業家)に発展性があると思い至ったそうです。高級クラブのママから社会起業家へ。一見、何のつながりもなく見える二つが、光安さんという人を結節点にして、一つにつながろうとしていました。日本NPO学会会長の田中弥生さんは、こう話します。

「光安さんは大学のNPO論の講義内容を短時間でポイントを押さえてしまってい

るようなところがあって、情報収集と方向性が的確なのに驚きました。私がそう言ったら『三十余年、銀座でクラブをやってきたことで養われた勘のようなものかもしれない』と言っていましたよ」

そして光安さんは「全てのストリートチルドレンが教育を受ける権利、清潔で健康な日常を送れる権利、暴力からの解放を目指して子供達の幸せを追求していく」というビジョンを掲げ、二〇一一年八月、〈スマイル・オブ・ザ・チルドレン〉というNPO法人を立ち上げました。

光安さんのNPOがフィリピンのNGOを資金面でサポートし、そのNGOが郊外に所有するコーヒー農園で野菜やハーブの栽培を教えたり、そのコーヒー豆を使うために開いたカフェで、営業の指導や運転資金を援助したり、パン屋を開いてフィリピンの子どもたちの雇用確保のために奔走しています。今後はアメリカのアート&ビジネススクールと提携して、貧困子弟向けの音楽・美術・ダンスなどと職業訓練の学校をつくる予定です。

「今は日本と行ったり来たりですが、そろそろフィリピンに本拠地を移そうかと考えてもいるんです。とはいえ、文化が違うから愕然とすることも多くて……。一度だけですけど、子どもたちの前で号泣したことがありました。ふと気がつくと、何十人ものフィリピン人の中に私がたった独りということがあって『どうして私はここにいるんだろう』と孤独感と無力感にさいなまれることもあるんですよね。それでもやめようとは思わないし、ホトホト疲れて日本に帰っても、またすぐ行きたくなるんですから、これは運命だという気がしているんです。間違ってハイチに行ったときから、ずっと……」

光安さんを見ていると、生半可な気持ちで「第二の人生」を語ってはいけないような気がしてきます。

縁なきあとは去る

春と夏の二回、葉山の茅山荘《ちざん》を訪れます。

茅山荘というのは、荏原製作所の創業者・畠山一清氏の旧別荘です。ここの観音堂で、私が主宰する〈クラブ・ウィルビー〉の坐禅会が定期的に開かれています。

茅山荘の坐禅は、ひと味違います。指導をしてくれる藤田一照《ふじたいっしょう》さんの禅に対する姿勢がなんともユニークで魅力的なのです。

一照さんはもともと、東大の大学院で発達心理学の研究をしていました。それがあるとき突然、大学院を中退して、禅道場に入山してしまいます。

「大学院博士課程のとき、鎌倉円覚寺の学生接心《せっしん》に参加したんです。接心とは昼夜を問わず坐禅に専念する合宿修行です。最初は足が痛くてまともに坐禅が組めないのですが、そのうち、僕が十歳のときに体験した、あの不思議な感覚がまざまざとよみがえってきたんです」

一照さんの「体験」は、何度聞いても、凡人の私にはよくわかりません。

「夜、自転車に乗っていて、何気なく夜空を見上げた瞬間、自分の存在が無限の大宇宙で小さな砂粒のように感じられ、宇宙というわけのわからないところで、わけのわからないまま独りきりでこうやって存在していることにショックを感じたんですよ。今まで当たり前に生きていた世界が突然深遠な謎になったみたいに感じられて、心拍数が上がり、自転車ごと転倒しそうになったくらいです。それ以来ずっと、二十代になっても、難解な宿題を課せられたような気分が続いていて、とにかくなんとかして宿題をすまさなければと思っていたんです。

それが学生接心をやっていたとき、暗闇の中で『痛い、痛い』と思いながら坐っているときの気分が、十歳のときのあの瞬間に似ていたんです。禅なら宿題を解決する道を指し示してくれるかもしれないと思って大学院を辞めて、兵庫県の山奥の寺に入ったんです」

そのお寺で自給自足の農業をしながら二九歳で得度《とくど》。その四年後に、師から「アメリカにある禅堂に行ってみないか」と誘われ、三三歳で渡米。マサチューセッツ州の山奥の禅堂に身を寄せたのでした。

じつは、私はこの頃から一照さんを知っていました。

「禅堂というよりは、手づくりの簡素な小屋みたいなところなんだけど、藤田と話していると余計なものが剝がれていくような気がしてね」

私の三十年来の友人にそう話す人がいて、きっと良い生き方をしている人なんだろうなと前々から想像していたのです。

友人は、何度かマサチューセッツの山奥に一照さんを訪ねて行っては、いつも清々しい顔で帰ってきていました。その友人がある日、「どうだろう？　僕の別荘に管理人のような感じで住み込んで、アメリカでやっていることを日本でもやってみたら」と言って一照さんを誘います。友人は、畠山氏から茅山荘を受け継いでいました。

一照さんの禅は、宗教的というよりは論理的です。

「なぜ、坐るのか？」

「坐ると何が変わるのか？」

「どうして頭を剃るのか？」

アメリカの人たちは、自分の知らないことは何を聞いてもかまわないと思っているようなところがあって、何でも素朴に率直に聞いてくるそうです。一照さんの禅が論理的なのは、一七年半にわたるそんな素人問答の経験から来るものなのでしょう。

「アメリカで何か業績を上げようと思って行ったわけではなかったんです。地位とか社会的な評価にはまったく興味がありませんからね。いつでも出たとこ勝負の実験的精神です。失敗しても勉強になるというか、失敗のほうが勉強になりますからね。

アメリカで禅をやろうというような人は、真面目な人が多いのです。坐禅は良いものだ、素晴らしいものだと頭では理解している。だから一生懸命坐るのですが、彼らの身体を見たり触ったりすると、身体は一刻も早くそこから逃げたがっているのがわかるんです。でも、アタマでは『坐らなきゃいけない』『これが修行だ』と思って痛みに耐えて頑張っている。これだと長続きしないですよね。それで事前に体操で身体を柔らかくしたり、ガチガチに坐るんじゃなくてホワッと柔らかく坐るんだと説明したり、彼らのもっている坐禅の固定的イメージを変える工夫をしました。坐禅はメンタルで精神主義的なものと受け取られがちですが、本来はフィジカルなものなんです」

と、言われるように、一照さんの坐禅は、坐る前に念入りに体操をすることから始まります。人体模型を使いながら、骨格や筋肉のしくみをわかりやすく説明してくれます。そうやって身体をほぐしてから坐ると、さほど苦痛ではなくなるのです。

一照さんの坐禅会は〈クラブ・ウィルビー〉の人気プログラムです。

坐禅の後には〈日影茶屋〉からお弁当を取り寄せて懇親会を開きます。打ち解けた雰囲気の中で、自分の迷いや惑いを語る人も少なくありません。

「こういう生き方で一生終わっていいのだろうか」

「我欲を捨てて無我の境地に近づきたい」

「自分を変えたい」

と、真摯に「我《が》」と向き合っている人が多いのです。

そんな人たちに一照さんは、少しも気負わず、軽やかに語りかけます。

「なぜ坐るのかといえば、普段の私たちが動き回っているからです。何かを追いかけたり、何かから逃げたり。で、何が追いかけたり、逃げたりしているかというと、『我』です。別の言い方をすれば、『我』とは何かを追いかけたり、逃げたりしたときにできるものなのですね。『あれが欲しい』『これが嫌だ』という形で。また『我』は動きたがるものなので、いろんなドラマを作りながら、他の『我』とぶつかったり、一緒になったり、離れたりして、世間というものができていきますよね。当然、その世間にいたら『我』でしかいられない」

あ、そうなのか。一照さんの言葉は、なぜだか不思議と腑に落ちるのです。

「世間にいても『我』じゃない生き方を実現できるのが仏なんですけど、僕らは初心者なのでそうなる稽古をしなければならない。それで世間とは違う条件、つまり『我』じゃなくていいよ、という条件を作り出さなきゃいけない。そのために静かな場所に行って、身体の動きを止めるわけです。仮に大人数で坐っていても、お互いの物事のやりとりを止めて、身体の動きを止めます。『我』から発している行いを止めるということです。坐禅のときは手も足も口も脳も全部ギブアップです。足を組みます。だから歩けません。手も組みます。だから道具は使えません。口も開かないから言葉も使えません」

なるほど、納得。

「我」というものは、なくても困るし、ありすぎても困る。自分を守るのに「我」は必要だけれど、「我」の壁を作って外から何も入らないと息が詰まります。といって、「我」を開きっぱなしにして、野方図に外から色々引き込むのも疲れる。

よりよく「閉じる」ためには、「我」を上手に手なずける必要があるようです。

一照さんの話を聞くうちに、そんなふうに思えてきました。

「坐禅はよく無念無想といって、まったく考えないものだと思われがちですが、少なくとも私がやっている坐禅ではそれは誤解です。思いは浮かんでくるけれども、その思いを繋いで思考にしていかないことです。どこかで鐘が鳴ったら『あっ、鐘だ』と思うのは自然です。でも、『あの鐘は誰が撞いているんだろう』とか、『下手だなぁ』とか、『あの鐘はいくらぐらいするんだろう』というような思いをなるべく膨らまさないようにするということです。

移動したり、道具を使ったり、言葉を発したり、考えたりということは、どれも『我』がまわりに働きかけてその状況を変えるための行為ですよね。それを一切やめてしまう。ある意味では植物的な状態ともいえます」

たしかに「考えまい、考えまい」とすると、逆に考えがわいてきてしまうものです。でも、考えや思いがわいてきて姿勢が崩れても、一照さんは警策《けいさく》で打ったりはしません。さすがに鼾《いびき》をかく人はまわりに迷惑なので小声で注意しますが、居眠りも否定しません。そういうことも坐禅の中の一風景だからです。


「僧侶になったことで、自分を閉じたわけではないのです。人生競争から降りたということなのでしょうね。そもそも『開けた』とも思っていないから閉じもしません。ただ世の中が盲目的に進んでいる方向には行きたくないと思っていますね。若い頃からずっと思っている自分のイメージは、枯れ葉が風に舞って、あちこちに漂うように放浪している姿かな。高校の頃は、人知れぬ湯治場のおやじさんになりたいと思っていた時期もありますね。

一応いまは大人ですから、人並みのことはやりますが、ゴチャゴチャしたものに邪魔されたくないんですよ。坐禅をして、本を読んだり考えたりして、真実を知りたいだけなんです。縁あるうちはここにいて、縁なきあとは去る。そもそも『我』というものは、いつかはなくなってしまうものなのです。だって、いつかは必ず死んでしまうんですから。『我』というのは、最終的には失敗してしまうプロジェクトなんです」

いつのことだったか、一照さんと、マインドとハートとソウルの関係について話をしたことがあります。一照さんはこんなふうに言っていました。

本来、この三つは三角形の関係になっていて、ソウルが底辺にあってどっしりと全体の基盤をなしている。ハートは、ソウルとマインドの橋渡し役。一番上にマインドが乗っかっている。

「今はこの三つが、逆三角形の関係になってしまっていますね」

ビジネス・マインドとか、スポーツ・マインドというように、マインドが肥大化して、ソウルがやせ細ってきている。「だから、今という時代、心ある若い人は生きにくいのだろう」という話には大いに頷きました。

「もう少しソウルから来る声を聴くことが大切だと思うけれど、あまりに喧噪なので聴こえなくなっていますよね。マインドを満足させるためには、周りをきょろきょろ見張って開きっぱなしでいないといけないですから疲弊しますよね。そろそろマインドを鎮めてハートで導き、ソウルに重心を戻していかないといけない時期かもしれません。その意味では、残間さんの『閉じる』という発想は、面白いと思います」

逃げるのでもなく、戦うのでもない。物事ときっちりミート(meet)していくために、一時休止してみる良い時期に来ているのかもしれません。

引くエゴで行く

「いいわ、最後は尼寺にでも入るから」

女たちがしばしば使う台詞。

本気でそうは思っていなくても、普通ならやれそうもないことをやるときの決意表明として、あるいはまた、退路を断つときの台詞として使われます。最後の最後、俗世に別れを告げて仏門に入ると思えば何でもできると自らを鼓舞し、周囲に自分の決意を認めさせるのにも有効です。

私も真剣に考えているわけではありませんが、「人生やるだけのことをやったら尼さんもいいかもしれない」と憧れ半分で想像することがあります。

私はお寺や仏像が好きで、とくに高野山にはよく行きます。真言密教よりも、空海に興味があるのです。空海が入定《にゅうじょう》した日が私の誕生日と同じ日なので、図々しくも勝手に浅からぬ縁を感じています。

最初に高野山に登ったのは三一年前の誕生日。この年が大厄に当たっていたのと雑誌の編集長就任が決まっていたので、三月二一日、まさに入定の日に行ったのでした。ただ、ちょっと失敗。「今日はお大師さまのご命日ですよね」。宿坊の若い僧に聞くと、「お大師さまはいまだ亡くなられておりません。奥の院にて禅定《ぜんじょう》に入られておりますす」とやんわり叱られてしまいました。以来、厄年や大きな仕事を任されたときなど、わが人生の要の時に訪れては心を鎮め、新しい一歩を踏み出すことにしています。

母が介護ホームに入り、息子が独立して家を出て、独り暮らしになった初めての誕生日も高野山にいました。「ここから人生最期の港までの航海を、思い切った舵取りで進める力を与えてほしい」。何か具体的な願い事というより、そんな思いを抱いて奥の院に向かったのでした。


このように得度も出家もとくに違和感のないはずの私ですが、その人から、

「わたし、いずれは頭を剃りたいと思っているのよね」

と言われたときは仰天しました。

演劇プロデューサーの北村明子《きたむらあきこ》さんです。


上演作品は話題になっても、公演が黒字になるのは難しい。そう言われる日本の演劇界にあって、旗揚げから約三十年、北村さんのプロデュースした舞台公演はすべて黒字です。

「作り手主導で芸術性を重視し、収支の見込みの甘いどんぶり勘定が多い演劇界の常識を打破しようと心がけてきただけのことよ。お客さまがチケット代を払うのは、

わたしの創った芝居に対してですからね。その緊張感がわたしを奮い立たせるんです。人は欲望をそそられるものでなければ、わざわざ足を使って観に行こうとは思わないでしょ。『自分の目で観てみたい』と欲望をかき立てるものがなければ、どこでどう宣伝しても人は来ませんからね。欲望をかき立てるものがない芸術は、わたしには興味がわかないわね」

北村さんの前身は役者です。京都で毛利菊枝さんの演劇研究所にいて、その流れで劇団〈くるみ座〉で新劇をやり、上京して文学座に入って、役者をやりながら制作の仕事もしていたといいます。

北村さんが現在代表を務めるＳＩＳ《シス》カンパニーは、一九八〇年代、小劇場ブームを牽引した野田秀樹が主宰する〈夢の遊眠社〉のマネージメントからスタートしました。いまでは舞台制作の他に、作家、演出家、アーティストのマネージメントも手がけています。

堤真一、段田安則、高橋克実、八嶋智人、小野武彦、杉本哲太、浅野和之、鈴木浩介、平岳大、渡辺えり、キムラ緑子、野村萬斎、……(まだまだいます)、主役を演ずる人もいますが、名脇役がそろっていることもＳＩＳの特色です。いまや日本の映画、テレビ、舞台は、ＳＩＳなくして成立しないとまで言われています。

自分の経験から役者の生理を知り尽くしているのでしょう、北村さんのマネージメント力は高く評価されています。ＳＩＳ所属の役者の契約期間は一年。毎年見直すので、どんなに売れている役者でも「北村さんにいつ切られるか、いつもドキドキしている」という話をよく聞きます。実際、ＳＩＳで売っていくのは限界だと思えば、次の契約更新時にははっきりと「契約は終わりにします」と告げるそうです。

私がなにより北村さんに魅了されるのはそこです。北村さんのキッパリした物言いは、英語でいう「It's cool!」、つまり、カッコいいのです。

「先のこと？　考えませんよ。なるときはなる。来るものは来る。で、実際に来たら、『あぁ、来たか』って感じですね。良いことも悪いことも含めて、わたしは何かが〝来る〟のが好きなんです。ときには、悪いことを通り越して『エエ〜ッ！』と逆流するようなことだってありますけどね。それも嫌いじゃないんです。『来た、来た！』という感じですね。試練がやってくると武者震いします。試練からエネルギーをもらう。試練があればあるほどパワーが出てきます。わたしにはポリシーなんてないの。全部を受け入れるし、全部を捨てられる。でも、捨てたと思っても芝居をやるという現実だけは残るのよ。どんなことがあっても初日の幕は開くわけだから。何が起きても後悔はしません。最悪な状態になったとしても死ぬわけじゃないし」

小気味いい人生訓に聞こえます。

私も、いま考えていることがうまくいかなかったとしても、「べつに殺されるわけじゃないし」と思ってやっています。及ばずながら、ここだけは少し似ているかもしれません。

そんな北村さんが、ここ数年、気になっているのが仕事の引き際です。

「わたしにとって劇場に人が入らなかったら終わりです。それがプロデューサーとしての大きな目安だと思っています。わたしの企画が必要とされていないなら、それはスーッと消えなくてはいけない。ただ、お客が入っていても、どこかで退かなきゃいけないとも思っているんです。身体が動かなくなれば当然できないんだけど、動けるうちはやるべきなのかどうか。身体は動いても頭のほうは十年前に比べたら衰えているわけでしょう。すると、今の仕事のやり方をいつまで続けるかですよね。だいたい三年先まで演目は決まっていますから、現実には『じゃあ、来年やめる』というふうにはいかないんですけどね」

そこで「剃髪」の話になったのです。

「本当は五五歳ぐらいで寺に入りたいと思っていたんですけどね。まだお経が覚えられるうちにと思ってね。やっぱり、わたし、すごく傲慢に生きているし、好きなことしかやってないし、親や子どもも、いろんな人に迷惑をかけても、やりたいことしかやってこなかった。本当にエゴイスティックな生き方だと思います。もっとも、尼になるというのも、自分に向かってのエゴなんですけどね。同じエゴなんだけど、これまでは〝出す〟エゴばかりやってきたから、今度は〝引く〟エゴで行こうと。今までとは違う自分というものに向き合うこと。もうそれしかない気がするんですよ」

この話をうかがったのは四年ほど前のことでした。今回、この本を書くにあたって、その後「尼寺行き」はどうなったか、あらためて北村さんに聞いてみました。

「じつはつい最近、風邪をこじらせて肺炎になりそうになって三週間も仕事を休んだの。入院はしなかったけれど、毎日のように病院で点滴をして、ずっと家で寝ていたの。こんなこと初めて。まさかこんな風になるなんて思ってもみなかったから色々考えたわ。でもね、老後は尼寺にというのは今も変わってはいないの。お寺も密かに決めているの。当然、寝ながら、いつ辞めたらいいのかも考えていたわ。で、その結果、今は倒れるまではやるつもり。一年に五本。二〇一七年までは作品は全部決めてあるし、わたしの脳内劇場ではそろそろ二〇一八年のことを考え始めているの。誰に脚本を頼みたいとか、演出家は誰がいいかな、とかね。今は行けるところまで行こうと思っているの」

そう言ったあとで、北村さんは急に表情を変えて、こう付け加えました。

「残間さんも、会社を縮小するなんて考えたら駄目よ。仕事をやっているかぎりは縮小したらおしまい。縮小したらそれ相応の仕事しか入ってこないわよ。辞めるときはパッと閉じればいいじゃないの。長いこと寝込んだら、そんな心境になったのよ」

なるほど、やるだけやって「カットアウト」か。それも悪くないなぁ。

あれ? いや待てよ、えぇと、それじゃあ、「いずれは頭を剃りたい」と言っていた話は?

「そうねぇ、『行けるところまで』なんて言っても限界はあるだろうし、劇場に人が入らなくなったら、そのときこそ尼寺ね。尼寺は平和な老後のシンボルにしておこうと思うの」

北村さんが密かに行きたいと思っているお寺を調べてみたら、庵主さまは九二歳。とても美しい方でした。いつの日か、北村さんが「ｎｕｎ《ナン》(尼僧)カンパニー」を立ち上げて、尼寺を舞台に尼芝居をしていそうな気がしてきました。

トライアウト！

「その瞬間、『あぁ、たしかにそうかもしれない。いや、本当にそのとおりだ』と、長年胸につかえていたものが、憑き物が落ちたみたいにスーッと消えたんだよね。でも、それは七週間、ボストンに住んだから感じることができたんだと思うよ」

こう語るのは、大里洋吉《おおさとようきち》さん。株式会社〈アミューズ〉の代表取締役会長です。

大里さんが創立した〈アミューズ〉は、サザンオールスターズ、福山雅治、ポルノグラフィティ、Perfume、深津絵里、上野樹里、吉高由里子、三浦春馬、寺脇康文、岸谷五朗、三宅裕司など、タレント・アーティスト約三〇〇名を抱える、業界屈指の大手プロダクションです。

二〇〇六年、還暦を迎えた誕生日の当日、大里さんは自己保有する普通株式の二十万株を〈アミューズ〉とその子会社の役員、従業員、専属契約アーティストに贈与しました。そして、その二年後、経営の第一線から退くことを胸に秘め、ボストンへと旅立ちます。

「〈アミューズ〉も三十周年を迎え、業績もまあまあになってきたので、会社は若い奴らに任せようと思って、期限も決めずにボストンに向かったんです。英語の辞書から何から全部持って胸躍らせて行きましたよ」

海外留学が大里さんの長年の夢だったのです。人に夢を与える仕事をしてきた大里さんが、今度は自分自身の夢を叶えるため、アメリカへと旅立ったのでした。

留学先の語学学校は、日本であらかじめ入学手続きを済ませていたそうです。ところが、初日の午前中の授業から思わぬハプニングが……。

「こっちは向学心のカタマリみたいな感じで行ったのに、最初の授業を受け持った先生が、『ハーバード大学の中を観たことある？　ないなら見学しましょう』と言って、それはまぁ、英語の勉強にならないこともないなと思ってついて行ったんだけど、十一時半になったら『レストランを予約しているからランチに行きましょう』となって、午後二時過ぎても終わらないいんだよ。しかも僕は午後もしっかり勉強したいからペリエなのに、彼女はワインを四杯も飲んで。そのうち先生が酔っぱらってきて、『今夜、私の家でディナーを食べない？』となって。冗談じゃないと怒って、すぐに学校へ戻って、何があったかを説明して、明日から先生を替えてくれって言って」

こういう話をしているときの大里さんは、当時を思い出してというより、今がまさに「そのとき」のように真顔で怒ります。とても面白い話なのに、聞いている私は笑えません。結局、その学校では良い先生とめぐり会えず、大里さんは学校を替えることにしました。

「あとでわかったんだけど、日本から頼んだときに僕のバックグラウンドをみんな話していたみたいなんだよね。だから、何となく、みんな僕に自分を売り込みたいような感じだったんだ。ところが、次に行った学校が素晴らしくてね。カリキュラムを考えると、たぶん僕のことは知っていたと思うんだけど、ひと言もふれないんだよ。僕より少し年下の女性で、ジュディっていう名前の校長先生が、会うなり『前の学校では四日で四人、先生をクビにしたんですって？　その経緯はどんなだったの？』と聞くんで、必死に話したんだよね。そしたら、『あなたは日本人にしてはハッキリものを言う人ね』という感じで言ってくれて、そこからは思い描いていたとおりの毎日で、先生もみんないい人だったなぁ」

こうして、いよいよ念願の留学生活が始まったのです。

「授業も『フランク・シナトラ、知っていますか？』と聞くから、『知っていますよ』と言うと、『じゃあ、これを明日までに聴いて、どんな歌か教えて』とシナトラの歌を四曲、ＣＤで渡されたのね。カラオケで歌ったこともあるし、簡単だと思って聴きはじめると、これが難しくて。それまでは、ただ何となく歌っていたんだってわかるわけ。結局、宿題だけでも朝方までかかるんだよ。もう一人の先生はボストン・グローブを持ってきて、『ここからここまでを読んで、それに対してあなたがどう思ったか、自分の意見も入れてこの記事を説明して』と言うんだよ。知らない単語にアンダーラインを引けというから引いたら、あまりにも膨大なラインで……、ガックリきたねぇ。この先生も宿題が多いから、月曜から金曜まで禁酒して夜中まで必死でやったよ。今までの人生で一番勉強したねぇ」

そうして七週間ほど過ぎた頃、株主総会で一時帰国することになり、大里さんは、ディナークルーズ船に先生や友達を招いてパーティを開きました。

「ディナーが始まる前にデッキにいたら、校長先生が寄ってきて『オオサト、あなた、また来るの?』と聞くんで、『株主総会が終わったらまた来ますよ』と答えたら、『あなたはこれから何年ここで勉強しても、五歳の女の子にもかなわないわよ。あなたにはやるべき仕事があるのだし、お金もあるのだから、その都度、英語でもフランス語でもドイツ語でも、優秀な通訳を雇えばいいじゃないの。ここにいても時間の無駄よ』と噛んで含めるように僕に言うんだよ」

あなたにはやるべき仕事がある――。

このとき、大里さんは天命を悟ったのかもしれません。「あぁ、たしかにそうかもしれない。いや、本当にそのとおりだ」という冒頭の言葉は、この瞬間に得た実感だそうです。ボストンでの七週間と校長先生のその言葉のおかげで、大里さんは「精神がガラッと変わった」と言います。

「酒をやめて、野菜中心の食事を自分で作って、毎日学校まで重いリュックを担いで四十分間歩いたせいで、健康を回復して、気力もよみがえった。ボストン交響楽団やボストン美術館をはじめとして、いろんな所に行っていろんなものを見て、ボストンにいる沢山の大人たちと話しているうちに、いかに自分が浅学だったかも思い知った。そしたら、急に高校の頃の大志がよみがえってきたように感じてね。日本に帰って、日本のために何か新しいことを始めなければと痛切に思ったんだよね。ボストンの町を見ているうちに、日本もこれからは文化で生きていかなければいけないと思ったし、僕はこれからもっと文化というものを意識して、日本の国のためになりたいと強烈に思ってね」

一九四六年生まれの大里さんは、私より少し上の世代です。小学生の頃から「学校に行く」と嘘をついては映画館に入り浸り、何食わぬ顔で「ただいま」と帰っていた映画少年だったといいます。

立教大学時代はＥＳＳ(英語研究会)で音楽と演劇に明け暮れていたそうです。いつかは外国で映画の仕事をしたいと思っていた大里さんは、まずは卒業して親から自立しなければいけないと思い、日本の映画会社に入ろうとします。

ところが、卒業の年は東宝も松竹も大映も採用なし。就職戦線もとうに終わって、掲示板に数枚の求人情報しかない夏の終わり、業務内容に「映画製作」という文字を見つけて入社したのが、大手芸能事務所の渡辺プロダクションでした。

「入ってすぐ、ワイルド・ワンズのマネージャーをやることになったんだけど、マネージャーって付き人みたいなものだと思っていたから、正直なところイヤだったんだよね。でも、コンサートも創らせてくれるし、彼らを使って映画も撮らせてもらえるしで、二二歳の若造に何でもやらせてくれたんだよ。渡辺プロって凄いなぁと思ったね」

その後も、ザ・ピーナッツやキャンディーズなどを担当して、気がつけば十年がたとうとしていました。

「『世界で大ヒットする映画を創りたい、世界に通用する大スターを創りたい、世界一のミュージカルを創りたいという夢はどうなったんだ』と思って、ブロードウエイのプロデューサーになるのにはギリギリの年齢だったんだけど、会社を辞めることにしたんだ。三一歳のときね」

九年一カ月勤めた渡辺プロダクションを退社して、大里さんは渡米の準備にかかります。まずは英語を勉強して、一年かけて仕事を探して、家族を呼び寄せる計画も立てました。ところがここに、予想外の展開が待ち受けていたのです。
「ある人から突然、『広島に天才的な男の子がいる』という話が舞い込んできて、それが原田真二くんだった。会って話していたら『アメリカに行きたい』と言い出して、『それじゃ、一緒に行くか』ということになって連れて行ったんだよ。そのうちに情がわいてきてね、日本に帰って原田くんのために〈アミューズ〉を創ったんだ。二人で自由の女神を見て、〈アミューズ〉のシンボルマークを考えてね」

デビューするや原田真二は大ヒットを飛ばし、〈アミューズ〉は順風満帆の船出となりました。そのときちょうど、キャンディーズが解散することになり、かつての縁で彼女たちの解散イベントの専属プロデューサーを依頼されます。渡辺プロダクションの渡辺晋《わたなべしん》社長から直々のオファーでした。ところが、後楽園球場でのさよならコンサートを大成功に導き、〈アミューズ〉に戻ってみると……。

「原田くんが、このまま〈アミューズ〉にいたらキャンディーズみたいなアイドルタレントにされてしまうと思ったらしくてね、『辞めたい』と言い出して。結局、原田くんに辞められて、タレントが一人もいないプロダクションになってしまったんだよ。社員は五人いたのにね」

そのとき、「こんな歌をうたっているバンドがあるから会ってみない？」と言われて会ったのが、桑田佳祐率いるサザンオールスターズでした。

「原田くんは最初のアルバムがいきなり一位でファンクラブが六万人もいたから、あのままいたらサザンは断っていたよね。こういうのって、運なんだろうね」

レコード会社がデビューシングルに推したのは《女呼んでブギ》という歌。大里さんは、サザンのメンバーと会ったときに生で聴かせてもらった《勝手にシンドバッド》が気に入っていました。どうしてもこの曲でいきたいと一歩も譲らず、レコード会社の幹部と大激論の末、《勝手にシンドバッド》でのデビューが決まったといいます。

大里さんの人生の第二幕はここから始まりました。

以来、三十年以上にわたって、日本のエンターテインメントを牽引しつづけてきたのです。

そして二〇一一年、大里さんは一度退いた〈アミューズ〉の代表取締役会長に再び返り咲き、新しい事業を次々と興していきます。

浅草を大正時代のような賑わいある劇場街に再生するプロジェクトや、スタジアムでのライブコンサートを各地の映画館でリアルタイムに観られる〈ライブ・ビューイング〉の開発、外国人観光客に日本のエンターテインメントプログラムを提供するロケーションビジネス……等々、どれも未知の挑戦ばかりです。

大里さんが留学していたボストンは、トライアウトの町。ミュージカルや演劇などの試験興行が行われる場所だそうです。ここでうまくいけば全米・全世界へ広げていくという「ふるいにかけられる場所」です。

そのボストンで大志がよみがえった大里さんは、今日もまたトライアウトをつづけています。

キルトからの思い

この本を書き始めたときのことです。どういう文体で書いたらよいのか悩んでいる私に、担当の編集者氏がこんなメールを送ってきてくれました。

「百恵さんの文体がお手本になるかもしれませんね。硬すぎず柔らかすぎず、とても自然な感じがします。佇《たたず》まいのある端正な文章です」

その編集者氏は、彼女が引退したとき中学二年生。『蒼い時』は初版本で読んだらしく、今回、私と仕事をするにあたって読み直したのだそうです。

たしか『蒼い時』は、〈である体〉だったはず。ふつうなら硬い文章になってしまうものだけど、言われてみれば……。

そんなことを考えているうちにふと、「私もちょっと目をとおしてみようかな」という気になってきました。私は三三年ぶりに『蒼い時』を手にとりました。

私の家の本棚には、単行本、文庫本、出版社が関係者数人だけに作ってくれた特装本など、『蒼い時』が数冊あります。読もうと思えばすぐ側にあるのに、彼女の引退後は一度も読んだことがありませんでした。さまざまな思い出のある本ですが、私にはもう閉じた世界だったのです。

冒頭の「序章・横須賀」につづいて、「出生」「性」「裁判」「結婚」「引退」「随想」、そして「今、蒼い時…」とだけ記された飾り気のない目次。私が作った項目立てです。さらさらと流して読むつもりがいつしか、最後まで丁寧に読んでみようという気持ちに変わっていました。原稿で何度もくり返し読んだのに、初めて読むような不思議な感覚。夜半過ぎから読みはじめて、読み終わる頃には朝になっていました。

引退が決まったとき、彼女には四十にものぼる出版のオファーがあったといいます。

ところが、そのほとんどが、「聞き書きで結構です」「ゴーストライターを立てます」というものばかり。「自分で書いてみたい」という彼女の思いと合わなかったことから、縁あって私と一緒につくることになりました。

仕事を引き受けるに際して、私は彼女に二つだけ提案をしました。

「この本はあなたの半生記。きれいごとばかり並べてあるアイドル本にはしたくない。婚外子だったことや、別れて暮らしていたお父さんへの思いなど、出生にまつわる話を正直に書いてほしい」

「青い性という路線の成功で、これまで芸能界にはない新しい存在になったあなたが、いま結婚という道を選択した。あなたの性に対する考え方も、勇気をもって記してほしい」

半生記といっても、全部が全部、事実を書けとは言えません。ただし、「本当はこうなのですが、こう書いていいですか」というような、事実を曲げて書く相談には乗れない。そこは絶対にゆずれない、という思いが私にはありました。

事実と真実の間には大きな開きがあります。事実とは客観的に見て本当であるさまを表わすこと。真実とは主観的な心情を表わすこと。

「事実があなたの中で攪拌されて、あなたの真実になっていくのだから、あなたなりの真実を書いてくれればそれでいい。私ごと騙してくれるなら、それもあなたの表現なのだからかまわない」

深夜のレストランでそう話す私をジッと見つめていた彼女は、静かに「わかりました」と答えました。そのときから、私たち二人の本づくりがスタートしたのです。

彼女が『蒼い時』を書いたとき、私は三十歳。いまふり返ると、大きなチャンスにめぐりあい、緊張感と使命感に支えられながら、ただひたすら「この仕事をやりぬこう」とばかり考えていたような気がします。結婚についても、仕事についても、あのとき彼女が考え綴っていたことを、自分の身に引き寄せて深く受け止められていたかどうか……。

「引退」という章の中に、こういう一節があります。

私は彼のためになりたかった。外へ出て行く夫にむかって、「いってらっしゃい」「おかえりなさい」と言ってあげたかった。愛する人が最も安らぎを感じる場所になりたかった。

当時の私は、結婚はしていましたが、サラリーマンの夫に「いってらっしゃい」は言えても、「おかえりなさい」とは言えない生活をしていました。「彼のために」と思うどころか、新しい会社を創り、ますます仕事中心の毎日になっていた頃です。引退して仕事を辞める彼女とは正反対の人生を歩んでいました。

女にとっての自立を私は、こう考える。生きている中で、何が大切なのかをよく知っている女性。それが仕事であっても、家庭であっても、恋人であってもいいと思う。精神的な自立とでも言うのだろうか。「私は、自立する女」という看板をブラ下げている女性ほど、薄っぺらな感じがしてならない。世間に出て、活躍してゆくばかりが、「自立」だとは決して思えない。

う〜む。彼女の目に、あの頃の私はどう映っていたのか。「自立志向むき出しの鼻持ちならないキャリアウーマン」に見えていたかもしれません。夫との生活に影が差していたときだけに、われながら自信がない……。

彼女は原稿の中で「さり気なく」という言葉をよく使いました。文章の技術論からいうと、同じ言葉を何度も使うのは読み手に稚拙な印象を与えるので、編集者としては気になるところです。何度かそれを指摘した覚えがあります。

でも、いま読み返してみると、その言葉にこそ、これから愛する人と紡いでゆく新しい生活への希望が託されていたようにも感じられるのです。

本のあとがきとなる「今、蒼い時…」の中には、「終決」という言葉が四度出てきます。「終結」ではなく「終決」と書くところに、あたかも彼女の意志が現れているかのようです。


自分を書くということは、自分の中の記憶を確認すると同時に、自分を切り捨てる作業でもある。

過去を切り捨てていく——それでいい。

原稿用紙を埋めながら、私はそう考えていた。

秋の終わりに　私は嫁ぎ　姓が変わり、文字通り新しい運命に生きる。

その中に、これまでの運命の、たとえそれが暗ではなく明であったとしても、持ち込むことをしてはいけない。

もし、書くことによって　終決させられるのなら——それでいい。

そうなのだ、閉じるのは過去なのだ。彼女が三十年も前に直感していたことを、私は今になってようやく気づいたのでした。置かれた状況は違うけれど、私自身も、今こうしてこの本を書くことによって、自分の過去を閉じようとしているのかもしれません。

以前、二人で会ったときの別れ際、彼女は恥ずかしそうに、自分の通うキルト教室の作品図録を私にくれました。同門の仲間たちの作品と一緒に、彼女の作品が二つ掲載されています。「花占い」と「天使たちの青い園」。どちらも一六〇センチ四方を超える大作です。

巻頭に書かれた主宰者の先生の言葉に目がとまりました。

「ふと、考えます。『幸せは自分の手で作り出すもの』私達は文字通り心を込めて、手で作ったキルトに　達成感という心を満たしてくれる幸せを貰い、明日への活力と夢中になれるものに向う静かなひとときと　優しい気持ちで過ごせる時間の中で　悲喜こもごもを受け入れ、自分の物語を紡いでいるような気がします」

彼女がこの先生を慕い、二十年以上もキルトをつづけてきた思いまで伝わってくるようです。

「幸せなのね、百恵ちゃん」

なぜだか、とても嬉しくなりました。

閉じない人

いつまでも生きいきとした華を咲かせつづける人。
いるようで、なかなかいないものです。
でも、やっぱりいる——。
会うたび、そう思わされる人が、たった一人だけいます。
メリー喜多川《きたがわ》さん。ジャニーズ事務所の副社長です。

メリーさんと初めてお会いした、というより初めて姿を見たのは一九七三年、青山三丁目のアパートでした。私は当時『女性自身』の駆け出し記者で、ときどき「お使いの女の子」もやっていました。そのときは、年末のチャリティ企画用に、フォーリーブスのステージ衣装をいただきに行ったのです。

「これよ。どうぞ持って行って」

ドア越しに差し出された衣装を受け取りつつ見た、キリッと美しい横顔が印象的でした。

話ができるようになったのは、それから約三年後のこと。メリーさんは日頃からつき合いのある各雑誌社に、フォーリーブスのグラビア企画を募りました。たぶん、日本の雑誌史上、初めての試みではなかったでしょうか。メンバー四人を被写体にして、どんなテーマで、どんなグラビアページを作るか。今でいう企画コンペです。

私はそのころ『女性自身』のグラビア班にいたので、デスクから何か考えるようにと言われ、十六ページの企画を立てました。題して「フォーリーブス4つの愛のかたち」。モデルを相手に、メンバー四人のラブシーンを撮るという企画です。

青山孝史、おりも政夫、江木俊夫、北公次。世の女性たちの熱い視線を一手に集めていた彼らは、男性アイドルとしてつねにトップを走りつづけていました。でも、彼らも二十代後半。立派な大人の男性です。ソロ活動も増えていました。この機に彼らの「恋愛」を解禁させたらきっと話題になるはず。私はそう考えました。

とはいえ、ファンを最も大事にするジャニーズ事務所の企画です。たとえ取材であっても、恋愛は御法度と言われていました。われながら大胆すぎる企画とも思っていたので、本当のところ自信はありませんでした。

ところが――。十誌あまりの企画案の中から、私の企画が採用されたのです。

この企画は週刊誌にしては珍しく、準備に一カ月ほど時間をかけました。メンバーそれぞれがイメージする愛のかたちを聞き取り、共演するモデルは四人が審査するオーディションで決めました。

撮影のシチュエーションは、青山孝史が伊豆の海、おりも政夫が朝霧高原、江木俊夫がスタジオ撮影、北公次のリクエストがなんともユニークで「ドクダミが咲いている朽ちかけた洋館」。イメージどおりの洋館を探し出すのにひと苦労でした。

そのあいだ、メリーさんとも何度かお会いして話をしました。三年前には「お使いの女の子」でしかなかった私が、このとき初めて固有名詞で認識してもうえたのです。企画の細部に対する注文はなく、「不潔な感じに見えないように注意してね」とだけ言われました。

さて、準備万端で臨んだ撮影は順調に進んでいきました。ところが、青山孝史（ター坊）の撮影で思わぬアクシデントが起こったのです。

場所は伊豆の下田。無事撮影も終わり、いったんホテルに戻って「さあ、東京へ帰ろう」と思った途端、滝のような雨が降りだしました。伊豆急行はたちまち運休、付近の道路は全面閉鎖です。ロビーの公衆電話は長蛇の列で、編集部と連絡も取れません。やむなくもう一泊することになりました。

一夜明けてみて、さらに愕然。伊豆急行は線路がズタズタで復旧の見込みなし。道路も損壊が激しく一七〇カ所以上で通行止め。横須賀から潜水艦が救助に来るという噂が立つくらい、下田は八方ふさがりの状態になっていました。

困ったのはター坊です。彼はテレビの仕事が入っていたので、夜までに東京へ戻らなくてはなりません。どうしよう、なんとかしないと……。

ヘリのチャーターもふくめて、あちこちから情報をかき集めていると、地元の漁師さんが伊東まで船を出してくれるという話が聞こえてきました。海はまだ波が立っていましたが、漁師さんは大丈夫だと胸を張ります。伊東まで行けば何とかなる。よし、行こう！　私は船での脱出を決断しました。

ところが、船が下田の港を出て、やれやれと胸をなでおろすと、船底からぞろぞろ人が出てくるではありませんか。お客はてっきり私たちだけと思っていたら大間違い。船は完全に定員オーバーだったのです。沈没するんじゃないかとヒヤヒヤしどおしでしたが、何とか伊東港にたどり着き、大急ぎで東京へ帰りました。

「めったにない体験だったわね。それにしても残念だったわ。テレビ局に連絡して、電話でもいいから下田から中継すればよかったわね」

ほうほうの体で帰京した私を見て、メリーさんはこう言いました。私も記者の端くれ。脱出することしか頭になかった自分を深く恥じました。無事を祈りつつも、「遭難」というアクシデントがホットニュースになるかもしれないと考える、メリーさんのプロ意識に脱帽しました。

この仕事のおかげでメリーさんと少しだけ距離が縮まり、何かの時には声をかけてもらえるようになりました。

「私、こんど事務所を引っ越したのよ。こういう時期だから事務所を縮小しようと思って。今度のところはもう少し庶民的だけど、遊びに来てね」

電話をもらったのは、私が会社を創ろうとしていた一九七〇年代の終わりころです。地図に沿って訪ねた赤坂八丁目の〈赤坂エイトビル〉という建物は、ビルというより、宮部みゆきの小説に出てくる廃墟のようなところでした。

フォーリーブスのバックダンサーだった郷ひろみが大ブレイクしたころのジャニーズ事務所は、六本木五丁目の〈フォンテーヌビル〉という地上六階建て、地下一階に一二〇人が入れる劇場を擁したビルの中にありました。それを知っていただけに、「えっ、ここが？」と私にはショックでした。

郷ひろみは他のプロダクションに移籍し、フォーリーブスもすでに解散していました。時代を席巻するスターを輩出したジャニーズ事務所の本拠地にしては、なんとも寂しい。そんな私の思いを感じ取ったのか、メリーさんは笑顔でこう言ったのでした。

「あらっ、だってうちにはいま、川崎麻世しかいないのよ。このくらいの空間がちょうど合っているのよ。仕事がなくなったらそれ相応にして、増えたらまた大きくすればいいじゃないの」

なるほど。言われてみれば、たしかにそうです。男の経営者なら、こうは言えないでしょう。男性は縮小の論理が苦手です。事業がうまくいかなくなったら、3フロアを2フロアに減らせばいいだけなのに、ゼロになるまで突っ張ってしまいます。そこへいくとメリーさんは、これまでうちは3フロアだったけど、いまはちょっと1フロアにしておきましょうよ、といった風情で実にさわやかなものでした。

私が会社を立ち上げた一九八〇年の春、メリーさんから再び電話をもらいました。「ね、今度『たのきん』というのをやるのよ。手伝ってくださらない?」えっ? 「たのきん」って? 田原俊彦、近藤真彦、野村義男の三人が〈3年B組金八先生〉で人気者だったのは知っていました。でも、三人をまとめて「たのきんトリオ」と呼んでいるとは知らなかったのです。

その「たのきん」が、あれよあれよという間に大ブレイク。今もつづくジャニーズ事務所の快進撃は、ここから始まりました。

スタジアムコンサートがまだ珍しかった当時、「たのきん」は後楽園球場、ナゴヤ球場、大阪球場の三大スタジアムで二年つづけて〈3球《サンキュー》コンサート〉を開催し、大成功をおさめるなど、空前絶後の凄まじい人気でした。

メリーさんが「手伝ってほしい」と言ってくれたのは、コンサートで販売するパンフレットや写真集など、「たのきん」のビジュアル制作の仕事でした。会社を立ち上げたものの、定期的な仕事はほとんどなかったので、喜んでやらせていただきました。

私の会社は当時、原宿キデイランドの裏手のこぢんまりしたマンションの三階にありましたが、そこにトシちゃんがやってきて、写真集に使うカットを撮影したこともあります。畳の上にグリーンのカーペットを敷き、背景に映る分だけ綺麗な布地を買ってきて、借り物のウェッジウッドのカップに紅茶を注ぎ、「僕のティータイム」などという写真を撮っていました。

先日、私がそんな話をすると、メリーさんはこう言いました。

「でも私たち、あのころ一緒に、新しいことをいっぱいやったのよ。〈3球コンサート〉の映像をファンクラブの子たちにだけ販売したでしょ。コンサートのライブ映像を頒布したのは、あれが初めてのことよ。当時はＤＶＤもないから、ファンクラブの子たちにＶＨＳかベータかを聞いて、直接送ったのよ。あんなこと、どこもやっていなかったわ。あれができたおかげで、レコード会社が映像ソフトの通販事業を始めたんですもの。それから、〈たのきんの香水〉を作ったこと、覚えてる？　あれが日本ではタレントグッズの最初なのよ」

そうでした！　〈たのきん香水〉のことは、今も鮮烈に憶えています。

「その日の自分の気持ちに合った香りをつけると気分がいいし、あまり強い香りは人の迷惑にもなるでしょ。若いうちから香りに敏感になっていてほしいから、三人の香りを別々にして、調合やマナーを学んでほしいの」

アメリカの女の子は香水をブレンドして、自分の好きな香りに調合するのだそうです。それを日本の女の子たちにも教えてあげたいとメリーさんは考えました。

トシちゃんはウッディ系、マッチはムスク系、ヨッちゃんは柑橘系。香水の専門家の指導を受けて、香水ブレンドという世界をファンの女の子たちに紹介したのです。

「ね、いま考えると、私たち誰もやったことのない、凄いことをやったのよ」

いえいえ、「私たち」ではなく、すべてメリーさんのアイディアです。私は「どうしたらこんなことを考えつくのだろう」と感嘆しながら付いて行っただけでした。


この本を書くに際して、「メリーさんのことを書いてもいいですか？」と聞いてみました。ふだん、取材は一切受けない方だからです。

「取材は全部お断りしているので、取材ということで改めてお会いすることはできないけれど、残間さんは私のことを一番よく知っているのだから、知っていることで書いてくれてかまいません」

そういう返事をもらいました。今にして思えば奇跡ですが、三一年前、メリーさんは、私が編集長をしていた雑誌に登場してくださったことがあります。全十頁にわたるロング・インタビューは、おそらく唯一のものでしょう。午後三時から午前二時まで、生い立ちや仕事に寄せる思いまで、熱く語っていただきました。

メリーさんのお父様・喜多川諦道《きたがわたいどう》さんは、八歳で出家し、高野山大学を出て導師となりました。真言密教を布教するために渡米し、ロサンゼルスの高野山真言宗米国別院で第三代主監となった方です。

「私は三人姉弟の長女でアメリカ生まれなのだけど、日米開戦の少し前に日本の教育を受けるために帰国したの。だけど戦争になって、終戦の翌年に、日本はメチャメチャだから学校はアメリカに行ったほうがいいというのでまたアメリカに帰ったの」

戦争中は和歌山の知人宅に疎開したり、大阪松竹歌劇団（ＯＳＫ）の慰問公演で司会もこなしたり、多彩な日々を送っていたそうです。帰米後はロサンゼルス市立大学で学び、卒業。進駐軍で日本に来た弟のジャニーさんがアメリカ大使館に勤めていたので、再び日本にやってきたといいます。

そのジャニーさんが野球を教えていた少年たちが〈ジャニーズ〉という人気アイドル

グループになって、ジャニーズ事務所が始まったというのは有名な話です。そのころメリーさんは、作曲家服部良一さんの奥様と一緒に四谷で〈スポット〉というお店をやっていて、そのかたわら、ジャニーズの仕事を手伝っていました。

「東京オリンピックの前の年だと思うから、昭和三八年ごろかな。お店よりもジャニーズのほうが忙しくなって、手伝わなければどうしようもなくなっちゃったのね。ジャニーズもタレントになろうとしてなった子たちじゃないし、私もマネージャーにならなければと思ってなったわけではなくて、なんとなく……成り行きみたいな部分なんですよね」

メリーさんはスマートとクールを縦糸にしながら、エモーションを横糸に織り込んだ、ハンサム・ウーマンだと思います。メリーさんが娘さんを産んだときの話は、私が息子を産むときのお手本でした。

「仕事は人さまからお金をいただくことなのですから、甘えてはいけないと思っているの。だから子どもを産むというような私的なことで、仕事の世界の人に迷惑をかけてはいけないと思っています。妊娠数カ月目でフォーリーブスが海外で撮影をするときにも、日帰りだったけどオーストラリアにも行ったし、産むときにも誰にも知らせなかったの」

創業以来、メリーさんと行動を共にしていた秘書の伊豆喜久江さんは、こんなエピソードを教えてくれました。

「ある日、メリーさんが『私、ちょっと旅行に行ってくるわね』と言って出かけて行ったんですよ。毎日夜中まで仕事をしていましたから、たまにはゆっくりもいいかなと思っていたら、二週間後に『ただいま』って帰ってきて、腕に赤ちゃんを抱いているので『その赤ちゃん、どうしたんですか?』と聞いたら、『私が産んできたのよ』って。そりゃ、驚きましたよ。それまで、まったく気がついていませんでしたから。二四時間、ほとんど一緒にいたのにですよ」

いつだったか、「メリー・泰子・喜多川・藤島」という長い本名について、「仕事をしている部分のメリーさんと、妻という部分、それから母親という部分では、どの順番で大事にされているのですか？」と聞いてみました。すると、

「妻っていちばん最後ね。母親ということを放棄して仕事はできないもの。でも、うちのタレントも同じなの。娘もうちのタレントも両方とも子どもみたいな感じなの」

というコメントが返ってきました。

三一年前のロング・インタビューでは、「いつまで仕事を続けるのですか」という私の質問にたいしてメリーさんは、

「死ぬまでだと思うわ。私、仕事がなくなったら、きっと駄目になると思うもの」

と答えていました。

では、今はどうなのでしょう？

「もちろん、今もそうよ！」

やはりと言うべきか、当然と言うべきか。

満面の笑みで答えてくれました。

メリーさんは、けっして閉じない人です。

第2章

閉じるは、わが身の棚卸し

閉じるレッスン

自分には何が必要で、何が不要なのか。何を主軸にして気持ちを整理し、どこに収斂・収束させていけばいいのか。年をとって抱えるものが増えれば増えるほど、自分を仕分けするのは難しくなります。

そんなときに便利な言葉が「棚卸し」です。

棚卸し。辞書を見ると「決算や整理のため在庫の商品・原材料・製品などの種類・数量・品質を調査し、その価額を決定すること」と書かれています。つまり、在庫チェックをして、不良品や古い品などを整理するということですね。

人生も同じです。長く生きていると、知らず知らずのうちに「古い品」や「不良品」を溜めこんでしまうことになります。日頃から相当意識して棚卸しをしないと、沈殿物や堆積物は溜まる一方です。そのまま放置したり先送りしていると、思考を硬直化させ、行動を鈍らせる原因にもなります。

そこで、私からの提案です。「わが身の棚卸し」をしてみてはどうでしょう？

わが身の棚卸しは、〝人生の店閉まい〟とは違います。「イヤになったから切り捨てよう」という後ろ向きなことではなく、この先の人生を今よりもっと活きいきと生きていくための、積極的で能動的な活動です。柔らかく考え、軽やかに動くために、今の自分にとっての「要る・要らない」を峻別するのです。「わが身の棚卸し」は、長い人生をしなやかに生きていくための知恵だと私は思います。

私が初めて「わが身の棚卸し」を意識したのは、五十歳を過ぎた頃です。

四九歳までは、自分の年齢を言うことに何のためらいもなかったのに、五十歳になった途端、何だか急に言いにくくなったのです。いまでこそ五十歳といえば「まだまだ若い」と見られますが、私が五十歳になった頃は「いよいよ人生の黄昏どき」というある種の寂しさをもって受け止められる年齢でした。

そんな風潮に「待った」をかけたい気持ちもあって、〈大人から幸せになろう。〉というトークセッションをプロデュースしました。

このとき、とても励まされたのが、参加してくれた女性たちの潔い姿勢です。話をしているうちに、彼女たちはみな「わが身の棚卸し」に成功している人たちなのだと気づきました。

これが本当にカッコよかった！　女としての輝きは、年齢とともに変わりうるもの。輝きの源泉は若さのみにあらず、と身をもって体現しているのです。自分を輝かせるために、大切にすべきことは何で、それを守るためには何を取り入れ、何を捨てるべきなのか。それがよくわかっている人たちでした。

「よーし、私も」と意気込んではみたものの……。

思うは易く行うは難し。「わが身の棚卸し」は結構しんどい作業です。物ならば処分したり、人に譲ってしまえばそれで足ります。けれども、人との関係や自分の性格、とくに歳月をへて愛着や執着や悶着も絡みついて、いつのまにか自分の無意識の領域に入れてしまっていることを「棚卸し」するのは容易ではありません。

自分という「蔵」の奥深くに収蔵されているものたち。なかには、開けたら最後、どんなものが飛び出してくるのか怖くて、無意識に封印してしまっているものもあります。目を逸らしている間に、誰かが強制的に捨ててくれたらいいのに……。そう思っているものを捨てるのは本当に厄介です。

でも、それを思い切って棚卸ししてこそ、「閉じる」を実行できるのです。自分のこれから進むべき道も見えてきます。

「わが身の棚卸し」は、より良く閉じるためのレッスンなのです。

しないではいられない！

「ねえ、私が自分の棚卸しをするなら、どこを真っ先に片づけたほうがいいと思う？」

「棚卸しねぇ……。う〜ん、そうねぇ、いつも先ばかり見ていて、絶えず気が急いているところかしら。みんな、あなたの前のめりのスピードにはついていけないと思っているんじゃない？」

長いつき合いの親友に訊ねてみたら、こんな答えが返ってきました。

「そう思ってるのは、あなたなんじゃないの？」と言いたい気持ちをグッとおさえ、しかし一方では、「なるほど。さすがはわが親友。伊達に私を何十年も見てないわね。たしかにそんなところがあるかもしれないわ」と反省もしました。

そう、思い当たるフシは色々とあるのです。

月尾嘉男さんに連れられて、北海道の別寒辺《べかんべ》牛川《うしがわ》で開かれた〈カヌーで川を下る会〉に行ったときのこと。

「ここは流れが結構急だから、漕がなくてもそのまま流れに任せて下ればいいからね。今日は美味しいワインをたくさん用意してきたから、美しい景色を見ながらワインを楽しむといいよ。三時間ぐらいかけて、ゆっくり下りてくればいいからね」

私の性格を知ってか知らずか、月尾さんはこう言われましたが、やっぱり駄目なのです。どうしても「前へ、前へ」と気持ちが向いてしまいます。

カヌーは二人乗り。後ろの座席でワインの準備をしてくれた人には、「ワインは下に着いてからでいいです。とにかく漕ぎましょう」と言って早々にスタートしました。

「あっ、あの木にモズがいますよ。ホラ、あそこです」

ワインの君は後ろでそう教えてくれるのですが、私の目にモズの姿が映ろうはずはありません。脇目も振らず前だけを見て、一心不乱に漕ぎつづけているからです。

ワイン一杯飲ませてもらえず、ひたすら漕がされている彼のつまらなそうな気配を背中に感じながらも、「スタートしたからには一刻も早くゴールにたどり着きたい」という気持ちに逆らえない私。パドルを持つ手が痛くなるほど懸命に、漕いで漕いで漕ぎつづけ、一時間二十分でゴールしたのでした。


「残間さんは熊野古道を歩いたときも早かったよね。みんなでのんびり行こうって言ったのに、先導役の三屋(裕子)さんにくっついて、必死の形相で歩いていたよね。いつも運動は苦手だって言っているのに、なんでそんなに頑張るの?」

月尾さんには不思議がられたり呆れられたりしました。

もちろん、あれが本当の競争なら参加なんかしません。私のような運動神経のない人間でも足手まといにならないイベントだと思ったから、カヌーも熊野古道も参加したのです。でも、参加したからには、いえ、ゴールがあるからには一刻も早くそこに到達しないではいらない。それが私なのです。

高野山の宿坊に泊まったとき、書院で写経教室があると聞き、一緒に行っていた女友達と申し込みました。般若心経が好きなので、いちど写経を体験してみたかったのです。

般若心経は三〇〇文字足らずですから、読めば三分ぐらいのもの。でも、写経では一時間半ほどかかるそうです。仮に諳《そら》んじていたとしても、お手本を見て書かなければなりません。写経も読経も「私ではない私を体現する」のが目的ですから、お手本を見ながら心をこめて模写することに意味があるのです。

参加者は老若男女、私たち以外に十数人。それぞれの前に台紙と筆が置かれていました。お手本を見て白紙に書くのではなく「なぞり」といって、あらかじめ般若心経が台紙に薄墨で書かれてあり、それを上からなぞるのです。

「一時間ほどかけて、丁寧に書いてくださいね」

そう言われて、一文字ずつゆっくりゆっくり書いている人もいれば、何文字かを書くたびに深呼吸をする人もいます。そこにいる自分を味わい尽くしているのです。

私は二十分で書き終えました。


書き終わった人から外へ出てよいと言われていたので、入り口の文机の前に座っていたお坊さんに書き終えた台紙を手渡し、一礼して部屋を出ました。

かすかな達成感とともに私が部屋を出ようとしたとき、最年長とおぼしき参加者の男性が、私のことをジロリとにらみました。

「シマッタ!　またやってしまった」

写経は祈りの実践といわれています。上手に書く必要もないし、綺麗に書こうと思う必要もない。経文の一文字一文字が仏の教えなのですから、心をこめて書かなければなりません。途中で休んでもいいし、何日かに分けて書いてもいいのです。

それなのに私は自分自身を味わうどころか、さっさと書いて外に出ることばかり考えていました。小学校時代の漢字の書き取りテストで、クラスで一番早く提出したときと同じように、ちょっと優越感が入り混じった気持ちで、書き終えた台紙をお坊さんに手渡したのでした。


小学校五年生のとき、担任の先生に言われたことを思い出しました。

「書き取りは、早く書けばいいというものではないの。しっかりお手本を見ながら正確にきちんと書くことが大事なのよ。あなたは早く書けるけれど、丁寧じゃないから間違って見える漢字がいくつもあるわよ」

後年、先生にお会いしたとき、その話をしたら先生も憶えていらして、「あなたは何でも早くやりたがったわね。あれは早く終わらせたかったからなの？」と問い返されたことがあります。言われてみれば、私は小さいときから、自分の目の前にあることを早く片づけたくなる性分だったような気がします。

写経の部屋から二番目に出てきたのは、同行の女友達でした。

「私も途中までは早く書こうとしていたの。この分では自分が一番早く終わるだろうと思っていたら、あなたがさっさと出て行ったのでビックリしたのよ。で、そこからは『そうだ、これは心を落ち着かせるために書いているのだ。競争じゃないんだ』と思い直して、一文字ずつ丁寧に書くことにしたの。あなたがあんなに早くに出て行かなかったら、私も急いで書いたと思うわ。だけど、あなたは本当にいつも先を急いでいるわね」

視察旅行に行ったとき、行程表に「一カ所一時間の所要時間」と書かれてあっても、十五分も見れば充分だと思っているようなところがあります。残りの四五分は、みんなとは別のものを見ています。

旅行に行って同じ町に二泊以上するときには、毎日ホテルを替えます。

「あなたと一緒に旅行すると、効率的に動くから色んなところを見せてもらえるけれど、私はもっとゆったりした旅行のほうがいいわ。あなたは先にばかり行こうとしていて、何だか落ち着かないんだもの」

元気なころの母の言葉です。

そこにいても、そこにいない私。

その日、その時、その場をじっくり味わうことなく、ネクストばかりを見たがる私。そこに落ち着いてしまうと、自分が止まってしまうような気がする私。

向かい風に逆らって前のめりになってでも、全力で走っていてこそ生きている実感を味わえる。人生なんて所詮、漂泊の旅みたいなもの。長居をしても仕方ない場所や、一度見てしまったものからはさっさと立ち去って、未知の世界を訪れるエトランゼのほうが性に合っている。そう思っていました。

でも、そろそろ「今、いるところ」や「今、会っている人」を大切にして、ゆっくりゆったり味わうべき時が来ているように思います。心を落ち着かせて見たり聞いたり感じたりしたら、そこにはまた別な世界が広がっているような気もします。急いでは事を仕損じるといいますしね。

「また、そんな殊勝なことを言って。あなたに本当にできるの？　あなたは一つひとつの世界を猛スピードで見て回って、その都度そこをバタンと閉じていく生き方のほうが似合っているような気がするけどね。あなたは一生、走る野次馬オバさんでいいんじゃないの？」

口の悪い親友はそう言います。

「そもそも私の急ぎ過ぎを諌め、棚卸しを勧めたのはあなたじゃないの！」

と言い返したい気持ちをグッとこらえたのは言うまでもありません。

「備蓄女」を閉じる

久しぶりに家で夕食を食べることになり、豆腐・野菜鍋を作って、取り鉢にポン酢を数滴入れたら瓶が空になりました。

「あぁ、やっと終わった」

最後の一滴を使い切り、瓶を軽く水洗いして、ごみ容器に入れたときの何ともいえない充足感と解放感。これでまた気持ちが軽くなりました。

ずっと備蓄女でした。

息子が独立し、母も介護ホームに入って独り暮らしになり、これまでの半分の広さの部屋に引っ越しをして、初めてそう気づきました。

備蓄品のあまりの多さに、われながら愕然としました。

一リットルの醤油が八本、白醤油が三本、米酢が三本に、サラダオイルが四本、胡麻油の白が三本と黒が二本、オリーブオイルが二本、トンカツソースと中濃ソースとウスターソースが各二本ずつ、他にも焼き肉のたれ、すき焼きの割下、マヨネーズ、トマトケチャップ、ホールトマト缶、ツナ缶など、小さなお店が開けそうです。

まだまだあります。洗剤類を床一面に並べてみたら、おびただしい量でした。洗濯用洗剤、柔軟剤、漂白剤、トイレ洗浄液、お風呂洗浄液、台所用洗剤も普通の弱酸性の洗剤に加えて、重曹水、キッチン用ブリーチ、クレンザーなど、多いものはそれだけで十個もあります。他にも十二ロール入りのトイレットペーパーが八袋、ティッシュペーパーが四八箱、トイレのクリーナーシート、床拭きシート……。

もっとありますが、書いているだけで憂鬱になります。

息子が小さかったときはベビーシッターさんがいて、母に介護が必要になってからはヘルパーさんやお手伝いさんが来ていたので、私の留守中に日用品が欠けたら困るだろうと思って、無くなってもいないのに、あれこれ買い足しをしていたのです。

それが習い性になってしまっていたのか……。はじめは、そう思いました。

でも、山ほどの物を前にしたとき、なにか違うような気がしてきました。私には「足りないこと」「乏しいこと」に対する潜在的恐怖心があると感じたのです。

欠食児童さながらの貧しかった時代の反映なのでしょうか。大量の備蓄品は自己防御の表れなのかもしれません。戸棚や冷蔵庫の中を隙間なく物で満たし、溢れんばかりにしておくと安心。家具や車などの耐久消費財にはまったく関心がないのに、こまごました日用品に囲まれていると、妙に落ち着くのです。

「無くなったら無くなったときに買えばいいじゃないの。それがなくても別のもので間に合わせられるじゃない」

と親友は言います。言われるまでもなく、自分のチマチマぶりにはすっかり嫌気がさしていました。そこで、思い切って全部整理することにしたのです。

こうなったら私自身が積極的に使うしかない。そう考えて、家で過ごす時間をできるだけ長くするようにしました。独り暮らしでも、きちんと生活をしていれば物は自然と無くなっていきます。

洗剤類は買い足しをひかえるようにしました。私は付加価値商品に弱いので、「新発売」とか「期間限定」といった製品には手を出さないように努めます。

開封もせず備蓄していた調味料類は、親しい人たちに貰ってもらうことに。おかげで、これまで合計六段使っていた棚は四段に減りました。

そうこうしているうちに、一袋、一瓶と、物が無くなることに快感を覚えるようになりました。一匙、一滴でも消えていくごとに、私の中に沈殿していた澱のようなものまで消えていくように感じられてきたのです。

消費財ばかりではありません。食器の備蓄量たるや、膨大なものでした。

それまでの私は、「いつかは使うだろう」と思いながら、良い食器は棚の奥にしまい込んでいました。なかには頂いたまま箱から出していないものもあって、いつの日かやって来るかもしれない出番を待っていたのです。

息子が小さい時分はもちろん、わが家が息子の友人たちの「簡易宿泊所」になってからはなおのこと、数だけそろえばいいやとばかり、安物の雑器類が食器棚の前面を占めていました。

晴れて独り身になり、荷物を整理していたら、手もつけず埋もれている食器セットに気づきました。大皿・小皿、ティーセット、スープ皿など、ボーンチャイナの洋食器セットは、私が三六歳のときロンドンで買ったものです。わざと船便で送ってもらったのは、この食器が船便で届くまでに、結婚生活を続けるかやめるかを決めようと考えたからです。

夫ともう一度やり直すための食器にするか、それとも独りで生きていく決意の記念品にするか。結局、そのセットはやり直し生活の食卓を飾ることもなく、決意の記念品になることもなく、食器棚どころかクロゼットの奥に置かれたままでした。

それを今度の引っ越しで、普段使いの食器が並んでいる戸棚に収め、昨日はその中の大皿でカレーを食べました。

昔、友人に連れられて行った骨董品屋さんで買った安土桃山時代の小鉢も、漬けもの鉢として使いはじめました。大事にしていた津軽塗のお椀で大根の味噌汁も食べています。誕生日祝いに頂いたバカラのグラスでハイボールも飲みはじめました。

「いつか」「いつの日か」はもうやめ。

そう心に決めて、私のところに縁あって集まってくれた物たちを、私がカッコよく閉じるための小道具にすべく、使いこんでいこうと思っています。

「年」が来る！

「いやぁ、困ったよ。中国人のスタッフが急に会社を辞めたいって言い出して。優秀な人材だから、ここで辞められたら、うちの中国戦略に支障をきたしそうなんだ」

上海に会社を創って仕事をしている友人から、新年早々に来た電話です。

「こういうのを中国では『年が来た』って言うんだって。ネン。〈nian〉って発音するそうなんだけどね、年獣(nian shou)とも言うらしい。中国の古い言い伝えで、年が変わる頃にやってくる魔物のことを〝年〟と呼んでるって話だよ。ほら、中国の人って、年越しに爆竹を鳴らすだろう？　あれはその魔物を追い払うためなんだって。で、今では年の瀬に会社を辞めたくなったり、人と別れたくなったりすることを『年が来た』と言うらしいよ」

それは初耳。魔物って、どんな魔物なのかしら？

「要するに、一年の終わりに色々考えて、突然気持ちが変わることを魔物と捉えてるんだろうね。彼の同僚の中国人が『ちょうど年末だし、彼はきっと、僕はこのままでいいのだろうか、って考えたんですよ。〈年〉が来たんですね』って言うんで、『そのネンって、何なんだ？』って聞いたら、そんなふうに言ってたよ」

なるほど。人間の生肉が大好物の恐ろしい魔物が「お前の人生はこれでいいのかね？」と尋ねてきて、グズグズ決めかねている人間はみんな食い殺してしまうという話のようです。


「これでいいのか？」で思い出しましたが、女性の生き方が多様化しはじめた一九八〇年代半ば、日本では「これでいいのかシンドローム」という言葉が流行ったことがあります。たしか自己実現という言葉とセットだったような気もします。

「女性の幸福は結婚・出産にあり」と信じて、夫のため、子どものためにと、専業主婦道を歩んできた女たちの間で囁かれた言葉です。自分を犠牲にして尽くしてきた良妻賢母の見本のような女性たちが、経済成長の波に乗って自由で楽しそうに生きている既婚女性がいることを知って、「私の人生、これでいいのかしら？」と考えこんでしまったのです。

まさか中国の魔物が海を越えて日本にも出現したわけではないでしょうが、夫や子どもの裏切りや期待はずれ、個として生きられない不満、くり返す日常の退屈さと平凡さという魔物のせいで「このままでは終わりたくない」と思う女たちが増え、この頃から日本の離婚件数は急増していきました。

それはともかく――。一年の終わりになると「このままでいいのか？」と囁きかける魔物にたぐり寄せられる気持ち、わからないではありません。一年が終わり、新しい年を迎えるのですから、懸案事項はエイヤッとばかり、やっつけたくなります。ネガティブなことは新年に持ち越さず、年内にきれいさっぱり片づけたくなりますよね。その意味では、年末は辞めどきであり、捨てどきであり、閉じどきです。

決意と翻意をくり返している女友達がいます。

「私は数字より季節で区切っているわ。諦めることも含めてだけど、思いを閉じるのは秋で、開くのは春ね。春の芽吹きとともに新しい思いをそっと取り出し、満開の桜とともにその思いを全開させて、新緑が深い緑に落ち着いていくように自分の思いを深めていく。やがて来る灼熱の夏に思いを燃やし尽くして、紅葉した葉が落ちる頃には思いを静かに閉じていく。四季のある日本ならではの開閉術でしょ？」

かく言う彼女ですが、数年前までは、桜が咲けば「来年の桜の季節までには夫を捨てたいわ」と宣言をし、樹々が紅葉する頃になると「来年の紅葉の季節までには、絶対に夫と別れてやるわ」と言っていたのです。

でも、いつのまにか何も言わなくなり、来年はルビー婚式を迎えます。

「閉じるにもエネルギーが必要なのよ。年に一度、ほんの短い期間、思い切り咲く桜の花のパワーを借りて自分の思いもパッと開花させたいと思ったから、『次の桜までには』と期限を切ったの。そのあとの紅葉の季節も、どんなに色鮮やかに染まった葉も時が来れば落ちてしまうのを見ながら『この葉が次に色づくまでには』と期限を切ったものだけど、四十回もくり返していると、そんな自分にも飽きてくるのよね。今は、人生が自然に閉じゆく日まで、せいぜいお花見と紅葉狩りを楽しむことにしたわ。われながら、だらしないと思うけどね」

自嘲気味に言う彼女ですが、私の観察では、おとなしく理解のある夫と明るく闊達な妻というこの夫婦に、さほどの問題があるようには思えません。

たぶん、桜や紅葉にこと寄せて「私、これでいいのかしら？」と自問自答をくり返しながら、その時々の自分の立ち位置を再確認していたのではないでしょうか。

開くにしても、閉じるにしても、自己確認から始まるものですからね。

「9」で閉じる

日常的に何かを変えようと思ったとき、私は「数字」の力を借りることがままあります。好きな数字は、3、7、8、9。なかでも「9」という数字は、好きというより、頼りにしている数字です。これまでの人生を振り返って、なにかひと区切りをつけようと決意したときには「9」の力を借りてきたように思います。

たとえば、年齢がそうです。

私は一九五〇年生まれなので、年齢と年代の下ひと桁が重なります。十九歳は一九六九年、二九歳は一九七九年です。ここに1が加わると一九七〇年、一九八〇年になり、数字的に区切りのいい年になります。下ひと桁がゼロになると、あたかも「ご破算で願いましては」という感じになって、リスタートの気分が生まれます。

正確にいえば、「9の年」はそれ自体が変革の年なのではなく、「0の年」を真に変革の年にするための前準備の年なのかもしれません。前から引きずっていることを止めたり、辞めたり、リセットしたりしたくなるのが「9の年」というわけです。「9の年」から一年かけて身辺整理をして「0の年」になり、そこからまた一年をかけて「1の年」になると、そろそろ成果が見えてくるというパターンです。つまり、「9」で閉じて、「0」で開いて、「1」で新しい展開が見えてくるということですね。

そんなこともあって、「9の年」が近づいてくると私は落ち着かなくなります。次にやってくる「0の年」のために何かをしなければと、気が急くのです。


思えば、物心ついて以来、このパターンのくり返しでした。

十九歳のとき、私は実家の経済状態に希望がもてず、こうなったら親とは別の人生を構築しなければならないと考えました。そのころ私は、静岡から上京して短大に通っていましたが四年制に転部したいと思いながらも、もうあと二年、親に学費を工面してもらえる状況にはありませんでした。

当時、四年制の大学を卒業しても、女子の就職口は公務員か教師くらいしかありません。ましてや短大卒の女子の場合、「腰掛ＯＬ」の数年をへた後に永久就職としての結婚に向かうのが、お定まりの人生行路でした。そんな規定コースがいやで、私は「女でも一生つづけられる仕事を」と思い、地方局のアナウンサーという職に就いたのでした。


二九歳は、当時の私にとって大きな転機でした。

このまま漫然と三十代を迎えたくなくて、雑誌記者をはじめ、それまでやってきた仕事を全部辞めました。仕事も沢山あり、収入も人並み以上だったのに、それまでの流れを止めて、新しい可能性を追求してみたいと思ったのです。

「三十歳ともなれば中途半端な気持ちでは働けない。もしあなたが、この先も働いていいと言うなら、今よりもっと一生懸命仕事をするし、このへんで仕事はセーブしてほしいと言うなら、それはそれで考えます」

人生の分かれ目にあたって、まずは夫に気持ちを打ち明けました。

二九歳の決意表明です。

「きみは仕事をしているほうがいいと思うよ」

晴れて夫の「お墨付き」をもらった私は、後顧の憂えなく仕事に邁進する人生を選びました。二九歳の一年間は、自分自身の新たな居場所を探し求める毎日。プロデューサーとして第一歩を踏み出したのは三十歳の春でした。

三九歳の決断は、深刻かつ重いものでした。

妊娠がわかったのは三八歳のとき。即座に産む決心をしましたが、その先に何が待ち受けているのか、何が起きるのか、想像もつかない不安がありました。

幼い頃から病気ばかりしてきた私は、すさまじい数の薬を飲んできました。そういうわが身を思うと、元気な子どもが生まれるかどうかも心配でした。会社は順調でしたが、風評・風聞に敏感な大企業との取引も増えていたので、シングルマザーになることによる仕事上のデメリットも大きいかもしれないと考えました。

でも、新しい生命を授かったからには何としても産みたい。そう考えた私は、メリー喜多川さんの流儀にならって、誰にも言わずに産もうと決めたのでした。

ところで、この三九歳という年齢は要注目です。私の周りを見渡すと、この「9の年」に一大決心をする人が少なくないのです。それまで所属していた会社を辞めて、自ら起業をするのに三九歳を選ぶ人もいれば、出産期限を意識して駆け込み結婚をする女性も多いと感じます。

三九歳という年は、人生を見極めるのにとても良い時期なのかもしれません。もう子どもではない。かといって、出来上がった大人でもない。社会的な信用も得つつあるけれど、まだ完全ではない。弱さも怖れもあるから謙虚になれる。自分でも気づいていない未知の可能性も秘めている。そして、なによりもエネルギーがある。それが、三九歳です。二九歳では早すぎ、四九歳では遅すぎ。大人として大海に船を漕ぎ出すなら、三九歳は絶好の旅立ちどきだと思います。

四九歳は、人生の酸いも甘いも噛み分けることができる年です。この年になればもう、自分の限界も社会の制約もわかってきます。時間もエネルギーも、自分を取り巻く環境も有限だと知ることで、今の自分にできることを「これが最後！」と覚悟を決めてチャレンジしようと考える人が多いように思います。

四九歳のチャレンジの方向は人それぞれ。道も一本だけではなくなります。細い道の奥を極めていこうとする人もいれば、大道だけを歩んでいきたい人もいます。何本もバイパスを作りたがる人もいます。好きな道だけに絞りこむ人もいるでしょう。

私は、あれこれ分岐して枝葉のように広がった細い道をここで整理し、少し太めの道に集約してみようと考えました。これから取り組む仕事が、プロデューサーとしての最後の仕事になる。そういう予感もあったからです。

間もなく五千万人を超えようとしていた五十代以上の大人世代。これだけ沢山の大人たちがいるのに、なぜ日本には「大人の文化」がないのだろう？　流行や新しい文化を生み出すのは若者だけではないはず。new＝youngという固定概念をくつがえして、私たち五十代の手で「日本の新しい大人像」を創り出したいと考えました。

ただ、新しい概念や価値観を創り出すことは、一人の力では不可能です。

そこで、五十歳の誕生日には会社のスタッフ全員をレストランに招き「いまだ浅学非才、ふつつか者ではありますが、これから先も共に走ってください」と大真面目に頭を下げました。

もしかしたら、私たちの世代では実現できないかもしれない。

でも、どうせいつか死んで土に還るなら、せめて腐葉土になってやろう。

そのときに抱いた思いが、今も私の原動力になっています。

「たまたま」も悪くない

移住する人が増えています。それも古民家などに住む「田舎暮らし」です。数年前までは五十代後半から団塊世代にかけての人が多かったのが、最近は三十代、四十代の若い世代の移住が増えているのが特徴です。古民家を一年以上かけて修繕したり、改装したり、岩風呂を作ったりするのも楽しいようです。

都会であくせく働きながら生きるのがいやになったという彼らは、シーンを変えて生き方をも変えようとしているのです。

聞くところでは、最近は環境問題や教育問題をしっかり考えている若い世代の地方移住が増えているそうです。子どもを都会の有名校に入れるより、小さな頃は田舎でのびのびと育てたい人たちです。友人も多く、情報にも敏感で、ＩＴにも馴染んでいる。その気になれば、今風なビジネスもできる。

こういう人たちが過疎の村や限界集落などに住んで、畑を作ったり、天然酵母のパンを焼いて売ったり、自然食レストランを営んだりしているのですから、地域も変わります。


増田寛也東大客員教授が先ごろ発表したレポートは、二〇四〇年までに人口移動が収束しない場合、約一八〇〇ある市区町村のうちの八九六は消滅する可能性があるというショッキングな内容でした。

レポートを見た政治家や財界人は、経済規模の縮小に恐れをなして、さまざまな手だてを施そうとしています。それよりもこれまでの成長・拡大神話から抜け出し、幸福観を根幹から考え直していくほうが、時間はかかるかもしれませんが、結局は東京から地方への人口逆流に結びつくという気がします。自ら志願して地方に移住した人たちが、その地域の人たちに与える影響は捨てたものではありません。

田舎暮らしといえば、画家の福山小夜《ふくやまさよ》さんが、ふらりと訪れた蓼科を気に入って、一カ月後には東京の家を引き払って引っ越したと知ったときは驚きました。小夜さんは、スペインに遊学したり、パリやロンドンに滞在したこともありました。それが、絵画とも縁のない、知人の一人もいない蓼科で暮らしはじめるとは意外でした。

彼女の蓼科ライフは、すべてが「たまたま」から始まっているようです。たまたま知り合った木工会社の人が「どう使ってくれてもいいですよ」と言ってくれた木工場の一角を借りて、これもたまたまの縁で知り合った町のペンキ屋さんと二人で天井から壁まで真っ白に塗って、素晴らしいアトリエを完成させました。

私が自分のブログに小夜さんのことを書いたら、そのペンキ屋さんがコメントを寄せてくれました。

「あの白い部屋は入り口の重厚で複雑な色があって初めて引き立つ空間だと私も自負しています。一日住めば友が出来、二日住めば仲間が出来、三日住めば地元になり、四日を超えれば地の人になる場所です」

これだけ読んでも、彼女は素敵な居場所を見つけたのだとわかります。


小夜さんはヴィーナスに魅せられていて、世界中のヴィーナスを模写しています。

「ヴィーナスの多くは権力者の愛妾たちで、男たちは女の裸身を描くことでさらなる権力を誇示しているとも言われているの。だから、男にとっての理想の女がヴィーナスなのよね。よく見ると媚びていたり、卑屈な表情をしたヴィーナスもいるのよ。これをこの時代の日本に生きる私が模写をしたらどうなるかと思って……」

私が訪ねたときにも、件の真っ白なアトリエに大きなキャンバスを十数点並べて、来る日も来る日もヴィーナスを描きつづけていました。その後、銀座の個展で公開した作品を観たときには、それぞれのヴィーナスの中に、この時代に生きる福山小夜の意志が感じられました。

模写ですから、原画をそのまま忠実に描き写しているわけですが、なかには男たちから解放され、自由に飛翔しているかのようなヴィーナスもいました。まぎれもない福山小夜のヴィーナスです。

「最近、素晴らしい人に出会ったの。私はこの人に会うために蓼科に来たんだと思える人」。受話器の向こうから興奮気味の声が聞こえてきたのは、二〇一四年の春。「どんな人？」と私が尋ねると、彼女はこう紹介してくれました。

「三週間ぐらい前に、道に迷ってガソリンスタンドに入ったのよ。車も汚くなっていたので洗ってもらっていたのね。その間、待合室みたいなところに座っていたら、一冊の写真集が置いてあったの。ページを開いたら、驚いたのよ。そして、どうしてもその写真に撮られている女の人たちを描きたいと思ったの。ガソリンスタンドのご主人に、この写真集はどうしてここにあるのかと聞いたら、『その人、うちによく来る人だよ。電話してあげるよ』と言って電話してくれたの」

どうやら、その写真集のカメラマンのことを言っているようです。

「『世界の美女』っていう写真集。石川文洋さんというカメラマン。うちの近くに住んでいたの。残間さん、この人、知ってる？」

知っているどころか、ベトナム戦争を撮った戦場カメラマンで、ベトナム戦争の惨状を広く世に知らしめた報道写真家ではないか。

「小夜ちゃんはアーティストだから世の中のこと知らないものね。私は石川さんのことは昔から知っているわよ。筑紫哲也さんと一緒にいたときにチラッとお会いしたことがあるような気もする。あなた、いつもみたいに、低音の静かな声で、一見やさしそうなのに、どこか押しの強い態度でお願いしたんでしょ？」

「そうなの。わかる？　でも、最初は駄目だとおっしゃったのよ。何度もお願いして、ようやくお許しが出たの。世界の美女というけれど、アジア、中近東、ロシアの強くて美しい女性ばかりなの。いま四枚描いたところなんだけど、描くにつれて私も強くなっている感じがするの。あのとき、ガソリンスタンドに行かなかったら、お会いできなかったと思うと、私はまだ自分のインスピレーションを信じていいんだわとも思ったの。だから私、今までにないくらい、描きたくて描きたくて仕方がないのよ」

いつもは消え入りそうな声なのに、この張った大きな声はどうしたことだろう。それにしても、蓼科に移り住んでもう八年も経つのだから、来た意味くらいとっくにわかっていてよさそうなものなのに、やはりアーティストなのね。ともあれ、石川さんとの出会いが、彼女にどんな新しい地平を開いてくれるのか楽しみ。

居を移すと、新しい出会いがある。

「たまたま」も悪いくないなと、ふと思いました。

「なれる」を閉じる

ものごとは継続していると、いつしかなれてきます。

なれてくると、刺激がなくなり、やがて飽きてきます。

「なれる」とひと口に言っても色々あります。「慣れる」や「馴れる」は、習熟という意味をもつからなのでしょう、一般にはポジティブな意味で使われるようです。

ただ、充分に会得し、上手になることは良いことですが、私は何事も慣れてくると逃げ出したくなります。この先、もう何も起きない気がしてくるのです。

つらいことであっても、悲しいことであっても、いずれは慣れてきます。母を家で介護しているときもそうでした。出口の見つからない苦しい日々に、最初のうちは悲嘆に暮れ、ときには運命を呪ったりもしました。それが不思議なことに、毎日つづくと苦しい日々もやがて日常になり、しまいには慣れてきてしまうのです。このときばかりは「慣れる」に救われた気もしましたが、といって、それで問題が解決したわけではなく、状況が改善したわけでもありません。ピリピリ張り詰めていた精神が弛んだだけなのです。

友人に、端から見たらとても刺激的な人生を送っている人がいます。

会社のオーナーですが、日々の経営はヘッドハンティングをしてきた部下に任せて、会社の行方を左右することだけは自分で決定しています。

昔から書画、彫刻、建築、音楽など、ほとんどすべての芸術に通じ、師について習い事にも精を出しています。書画骨董を蒐集し、観たい人や借りたい人の要望にも応えています。稀少な品が手に入ると、新しい体験に胸躍らせながら、私にも見せてくれます。

「モダンアートの講義を受ければ、偉大なる古典とはどういうことで、それに対するモダニズムはどう発生して定着したかが整理できる。そうすると、今まで無関心だった事象に親近感がもてる。そういう手順で僕の引き出しが整理され増えていくのを実感します。学究に飽きることはないように思います。数年後の第二期隠居は、アカデミズムを基軸に日常を構成できそうな気分です」

還暦を前に大学院に通いはじめた彼は、こんなふうに抱負を語っていました。

それが、少し時間がたつと、もうこんなことを言いはじめるのです。

「大学院も仕事も僕にとっては気晴らしです。人生というものは気晴らしをしているうちに終わってしまうのかとも思います」

たしかに、教授よりも彼のほうがよほど詳しい分野もあり、若い研究者などは彼に教えを請いたいようでした。

彼を見ていると、容易に手に入る物や事は、必ずしも幸せをもたらすものではないのだと思ってしまいます。それなりの時間やエネルギーや資金を費やしてこそ、喜びも生まれ、失いたくない気持ちも生まれるものです。何も障害がなく、すんなり自分のものになると馴れてしまうのか、彼はいつも退屈しているように見えます。

この春からは、最後の手段のような感じで、日本と海外の生活を半々にしたそうです。しばらくすると、近況報告の手紙が届きました。

「僕も元気でいられるのはあと十数年でしょう。過去の大半を失う代わりに、今までの惰性では生きないと決めました。こちらでのほとんどが空白の生活なので、自分の衰えを見つめざるをえませんが、それでも終わりに近づいていることを気晴らしの中で忘れて暮らすよりも、良寛の晩年のように独りでリアルな時間を獲得したほうが、よりよく生きることになるような気がします。自然のリズムに沿った素朴な生活を淡々と、しかし味わい深く送るという心境に近づいています」

なにやら達観した物言いですが、それもまたそのうち飽きてくるような気もします。

それでも、納まり返った生活をするよりは「これじゃない」「これでもない」と旅をつづけている彼は素敵だと思います。

思えば、会うたびに彼は、何かを閉じて、何かを始めています。自分の知らない世界に通じる扉を開けては、すでに見知った世界であることに気づいて、飽きたり、失望したり、落胆したり。でも、すぐにまた新しい世界を求めて、次の扉を探しはじめるのです。

還暦を機に、それまでの人生を完膚なきまでに閉じる覚悟でケープ岬の荒海に漕ぎ出した月尾嘉男さんのように、私も「なれる」を閉じて、大海原に船を出しつづけていこうと思っています。凪いだ海より、時に暗礁に乗り上げても、怒濤の海が好きなのです。

退屈は人生の大敵。今の生活になれてきたなと思ったら「閉じどき」です。

「旅」で閉じる

引っ越しで気分が変わり、その延長線上で生き方も変わる。そういうことも、ないわけではないでしょう。ただ、私のように三十回以上も引っ越しをしていると、それもあまり期待できません。引っ越した直後は気分一新、「よしっ、頑張るぞ！」と思っても、すぐに日常になってしまい、結局何も変わらないのです。

背景や環境が変わっても、その人自身が変わらないかぎり、劇的なストーリー展開など望めません。その意味では、旅に出るほうがずっと効果的です。

旅、それも独り旅は、非日常を演出しやすいので、自分を閉じるための特効薬になるムーブメントだと思います。住む場所を離れていくときの感覚が、あたかも今の自分を脱ぎ捨てていくようで、私の「閉じる」という考えとピッタリな気がするのです。

私にとって旅の最大の楽しみは、移動のプロセスです。乗り物の中で揺られながら、ぼんやり外を眺めていると色々な考えが去来します。

もっとも、行き先と乗り物の種類によって考える内容は大分違います。

東海道新幹線に〈のぞみ〉が登場する前、まだ〈ひかり〉が主流の時代にはなぜか、岐阜羽島あたりを通過していると「私は今、この町で好きな男と二人で暮らしていけるだろうか」という思いが浮かんだものです。

東京から遠ざかり、ものを考えるのにほどよい距離感だからなのか、あるいはのどかな風景がつづいて気持ちがフラットになるからなのか、なぜか決まって岐阜羽島あたりで唐突にそう思うのです。

実際にそんな現実を抱えていたわけではありません。自分はまだそういう思い切ったことができるかどうか。それを確かめるリトマス試験紙のような場所が、岐阜羽島付近だったのかもしれません。心のどこかで自分の欲望が少し肥大化していたのでしょう。年齢を重ね、欲望が萎むに従い、とんと考えなくなりました。

東北新幹線でみちのく路に向かっているときは、よく昔を振り返ります。昔といっても、自分の来し方を思うというよりは昔の生活を思い出して、今の幸運を噛みしめて「それにつけても、もっと頑張らなければ」とわが身を叱咤します。同じ新幹線でも東海道の〈のぞみ〉は速すぎて、昔を振り返るというより、思考が先へ先へと向かいます。「来週はこうしよう」「来年はこうしたい」などと、未来思考に行きがちです。

自分の今を冷静に見つめ、この先を真剣に考えるには、国際線の飛行機の中が最適という気がします。離陸する瞬間はちょっぴり怖いけれど、飛び立てば解放感でいっぱいになります。地上で何が起きようが関係なし。「みなさん、どうぞご勝手に！」

という心境です。ほどなく雲の上をゆったり安定飛行する頃になると「自分のことだけを考えればいいですよ」と言われているような穏やかなひとときが訪れます。

機内で夜と朝を迎える遠距離フライトのときは、何もかもがどうでもいいような、自然物になったような気持ちになります。投げやりになるということではなく、宙空を長時間浮遊していることで、主観も客観も良い意味であいまいになってきて、無私・無欲になれるのです。

機内灯が消え、薄く開いた窓のシェードから果てしない闇を眺めていると、やがて遠くから光が射してきて、新しい朝の中へと入っていきます。

この瞬間、圧倒的な幸福感の中で、いま私は何が一番大切で、何を失いたくないかを思います。そして、もし何事もなく無事に元の場所に帰ることができたら、私はこれから何をすべきかと考えます。

若い頃は「あれもやらなければ」「これもやりたい」などと思っていました。五十歳を過ぎた頃からは、一番大切なものを守るためには「あれもこれもは、もうないな」と思うようになりました。自分の力で天空を飛んでいるわけではないので、謙虚になります。「無闇に走り回るのはやめよう」とも思います。

最近は、朝焼けに染まる雲海を見ながら、亡き人たち、なかでも父を思うことが多くなりました。「お父さん、あれもこれも欲しいということはなくなったけれど、あとひと頑張りはしたいので、その間だけは見守っていてくださいね」と語りかけます。

旅先の風物にも関心がないわけではありませんが、そこにどんな素晴らしい風景が広がっていても、私はさほど心を動かされません。

数年前、女友達と黒部峡谷に行きました。紅葉の季節で、峡谷はまるで絵葉書のような美しさでした。

「ホラ、見て！　あの山の見事な紅葉、めったにない配色よ」

「うわぁ、あの山の頂上の雪、真っ赤な樹々とのコントラストが素晴らしいわね」

トロッコ電車の中で友達は、右を見ては「うわっ、きれい！」と叫び、左を見ては「ホラ、あそこ、見て、見て！」と私の袖を引っ張ります。

「あのね、いつも言っているように、私は自然の風景くらいでは感動しないの！美しいなとは思うけど、冷静に比較すれば、この程度の美しい景観は世界のあちこちにあるじゃない。あの山の紅葉も、あなたが色づいた樹々を運んで行って、あの配色にデザインしたのなら感動するし、あの雪もあなたがあの山の頂きにあんなふうに置いたというなら凄いと思うけど、全部自然が勝手にやっただけでしょ。私は、そこに人間が介在していないと感激しないのよ」

あんまり大げさに声を上げるので、わざとピシリと言ってやると、「だから、あなたは変わってるって言うのよ」と友達は呆れていました。

でも、まったくの嘘でもないのです。私は、峡谷の紅葉よりも、黒部ダムのほうが何倍も感激するのですから。こんな山奥に、堤頂長四九二メートル、高さ一八六メートルもの巨大なダムを造るなんて、人間の英知と力とはなんて凄いのだろう。破砕帯と格闘し、延べ一千万人もの作業員が七年の歳月をかけて造った構造物の美しさ。自然の美しさよりもずっと凄いと思うのです。

こういう感じ方をする自分を初めて認識したのは、ソ連時代のシルクロードを旅した二四歳のときです。たまたま同宿になった人は、私と同い年の保母さんをしている女性でした。

モスクの青色と抜けるような青空から「青の都」と呼ばれるサマルカンドに着いたのは真夜中。翌朝、目が覚めて部屋のカーテンを開けると、外は雨でした。青色のモスクを背景に静かに降る雨を見ながら、ふと横に視線をうつすと同室の彼女が涙を流していました。一瞬何が起きたのかわからず、私はただ黙って外を見つめるしかありませんでした。

しばらくすると、彼女は少し申し訳なさそうに言いました。

「サマルカンドの雨は世界で一番美しいと聞いていたので、それを見に来たんです。

そうしたら朝起きたら雨が降っていたので、思いが叶って嬉しくて……」

そうか、世の中には風景に涙を流す人がいるんだ。

たしかに美しい光景でしたが、滂沱《ぼうだ》の涙を流すほどではないと思っている私がいました。この雨に、涙を流すほど何か特別な物語があるのだろうか。彼女に尋ねたところ、「ただ、雨が美しくて感動しただけ」という答えでした。


美しいモスクも毎日見ていれば、そんなものだろうと思うような気がします。無味乾燥な人間なのかもしれませんが、市場に集まってくる町の人たちの表情や行動を見ているほうが、私はずっと感動するのです。

羊の肉をさばく男。スイカを頬張る子ども。あやしげな土産物を売ろうとする人……。いま同じ地球に共に生きている人たち。喜びもあるだろうし、私の想像を超える苦しみや哀しみを背負っているかもしれない。それでも、みんな生きている。

「この人たちとは、もう二度と会うことはないだろうな」

そう考えただけで、その時間がとても愛おしく思えてきます。

このシルクロードの旅では、中国との国境まであと数キロの小さな村にも行きました。何気なく入った雑貨屋のような店で、少し古びた世界地図を見つけました。広げてみると、当然ですが、ソ連が世界の中心にある地図です。ところがどうしたことか、日本が見つかりません。よく見ると台湾を細長くしたような島があり、どうやらそれが日本らしいのです。北海道も九州も四国もありません。通訳の人に頼んでロシア文字の地名を読んでもらったら、三沢、横須賀、岩国、佐世保、長崎、広島と書かれているとのこと。なんと、米軍基地のある町とヒロシマ・ナガサキだけで、私が日々奮闘している東京はないのです。

一千万人の悲喜こもごもが渦巻く、私の人生と生活のメインステージである東京が地図に載っていない！　ここに住んでいる人たちはＴＯＫＹＯなんて知らずに生きているのか。急に肩の力が抜けて、気持ちがラクになってきました。

なぁ〜んだ、日本も東京も大したことないんだぁ。
ということはつまり、私なんてちっぽけな存在なんじゃん。
東京に帰ったらグズグズ言うのはよそう。
何者でもない私を起点に人生を立て直そう。

どうしてシルクロードになど行く気になったのか。今となっては思い出せません。仕事に今ひとつ決め手が見出せない時期だったような気もします。「サマルカンドの雨を見たい」などという強烈な理由もないのにシルクロード独り旅なのですから、いずれにしてもハッピーな状態ではなかったはずです。

この旅を境に、海外に出かけたときは、その国で売られている世界地図を買うことにしました。「大したことない自分」を再発見するツールとして、その国の描く世界地図はお勧めです。

第3章

閉じるは、生き直し

閉じて、閉じられて

ここまでは「閉じる」を、能動的かつポジティブな意味で語ってきました。

では、私の人生にネガティブな「閉じる」はなかったのかといえば、当然あります。


この本を書こうと考えたとき、いくつか頭をよぎったことがあります。

ひとつは、離婚です。

「閉じどき」つづきの私の人生の中でもとくに大きな位置を占める離婚について、ひと言もふれないのは不自然な気がしました。

私は大抵のことは時間がたつと、「色々あったけれど、あれはあれで仕方のないことだったのよ」と思えるタチです。なのに、こと離婚に関しては、元夫の人生を私が無理矢理閉じてしまったのではないかという思いが拭えません。

彼は学生時代の部活の仲間です。同い年の彼は一年浪人をしていたので、学年では私のほうが先輩でした。

七年に及ぶ永すぎた春をへて結婚したとき、私は雑誌記者で、じきに独立して会社を興し、新創刊の雑誌で編集長を務めることになりました。

「編集長時代のあなたは、まだ三十代になったばかりなのに、寝不足で顔はむくんでいるし、肌も艶を失って、人生で一番ブスだったわね」

親友がそう言うくらいの仕事女でした。

そんな私にたいして、彼は何ひとつ文句を言いませんでしたが、やはり淋しかったのでしょう、女性の影が見え隠れしていました。

それでも私は何も言いませんでした。私の日常が日常ですから、そういうことがあっても仕方ないと思いましたし、また、そうしてくれているほうが気持ちがラクでもありました。もしかしたら「こんなことぐらいで私たちの仲は崩れない」という、親友婚ならではの甘えもあったかもしれません。

私の周りの人の平均値をとれば、短い人でも離婚成立まで三年はかかっているようです。私の場合、「離婚したい」という気持ちを言葉にしてから決着するまで四年かかりました。離婚という二文字が脳裏を掠めたときから数えれば、七、八年かかったともいえます。

最後は家裁にまで持ち込まれ、すべてが終わったとき、私はまったくの無一文になりました。酷薄な女性裁判官とも対峙することになった調停の場で、私はすべてを投げ打つ覚悟をきめ、財産分与ではなく、全財産を慰謝料として夫に支払うと約束したのです。

でも今では、そんなペナルティでは補いきれないことを彼にしてしまったような気がしています。最近、風の便りに、再婚相手の女性が亡くなったと聞いたときも、お門違いだとは思いつつも、自責の念を感じて気持ちがふさぎました。

そんな自分を完全に「閉じる」ためにも、この本で過去の離婚劇について総括してみようと思い立ちました。とはいえ、自分の暗部と向き合うことにもなるので、じつのところあまり気は進まず、また本当に書けるのかどうか自信もありませんでした。

それが、いざ書きはじめてみたら、書くことが尽きないのです。自分でも意外でした。離婚ということにこんなにも捕らわれていたのかと思うほどで、結局、それまで書いた原稿の中で一番長いものが出来てしまいました。書き終えたとき、積年の胸のつかえが下りたようで、気持ちがすっきりしました。

だから、その原稿を読んだ担当の編集者氏に「これは、載せるのはやめましょう」と言われたときは、正直なところ「初めてここまで踏み込んで書いたのに……」と大層がっかりしました。

釈然としない気持ちを押さえながらも改めて読み返してみると、編集者氏がそう言いたくなるのもわかる気がしてきました。思いを抑え、事実を淡々と書いたつもりでも、随所に恨みがましさや言い訳がましさが忍び込んでいるのです。

男と女が十三年も暮らせば色々なことがあります。その色々を認めたうえで「離婚はしたくない」と言う彼にたいし、「これで終わりにしたい」と言いつづけた私は傲慢だったと思います。

結婚生活を閉じたという事実は動かしがたいもの。その事実から生まれた思いを原稿に記すことで、自分だけ閉じようとするのは、彼にたいしてフェアではないし、私自身のためにも良くないと思いました。かくして、三日間を費やして書いた十六頁にも及んだ「閉じた結婚生活」の原稿は捨てました。

閉じることなく、そのまま抱えていかねばならないことも、人生にはあるのです。

もうひとつ頭をよぎったのは、絶交です。

私が閉じたのではなく、人から閉じられた経験です。

十五年ほど前のこと、私はその人のことを「同志」と思っていました。作家である彼女とは八〇年代の初め頃からの知り合いでしたが、親しくなったのは九〇年代に入ってからでした。毎日のように連絡をとり合い、互いにどこで何をしているのかも逐一知っていました。

日本の女性にしては珍しい個性的で論理的なわがままにも、生き方と生活のセンスが見事に調和したクールなライフスタイルにも魅せられていました。

決定的なことが起きたのは、ある日突然でした。それまでの二人の関係からいえば、まさかそんなことが起きるとは考えてもいませんでした。

いつもなら「それはやりたくないわ」と彼女が言ったとしても、「でも、今のあなたがやったら素敵だと思うけど」と私が言い、なおも彼女が「どうしても気が進まないわ」と言えば、「わかった。それじゃ、あなたの希望どおりにするわね」と私は一歩引いていただろうと思います。

それなのに、あのときはなぜか、私はそうしなかったのです。

自分の美意識に合わないことは断固拒否する人でした。なかなか譲らない私に、彼女は声を荒らげて言いました。

「あなたの顔なんか見たくもない。あっちに行って!」


人からそういう言葉をぶつけられたのは初めてでした。

突然のことに驚きつつも、少し時間がたてば、どちらからともなく歩み寄って仲直りできるだろうと、そのときは思っていました。取り立てて怒りも哀しみもなく、いつもどおりに仕事を済ませて帰りました。

ところが、家に着いてドアを開け、息子に「ただいま」と言おうとしたとき、愕然としました。声が出ないのです。

耳鼻咽喉科をはじめ、いくつもの病院へ行きましたが、とくに異状は認められません。寝不足がつづいていたので、極度の疲労か心因性のストレスからくるものだろうと診断されました。以来、約一カ月間、私は声を失いました。

もし声が出ていれば、すぐに仲直りできたような気もします。いえ、声など出なくても、本当にわかってもらいたいのなら、手紙を書いて修復を図ることもできたでしょう。そうしなかった私は、いったいあのとき、何を考えていたのか不思議です。声が出るようになってからも、彼女に連絡はとりませんでした。

間に入ろうかと言ってくれた友人もいましたが、丁重に断りました。私たちには似合わないと思ったのです。譲歩も謝罪も修復もせず、時間だけが過ぎていきました。

でも最近は、かつてそんな自分がいたことを嬉しく思えるようになりました。

あのとき声が出なくなったのは、彼女を本当に好きだったからだと思うことにしました。今でも、彼女は何に興味があって、何をしているのか、ときどき情報をたぐり寄せています。ふいに再会したとき、私はどんな言葉をかけるだろうかと想像することもあります。

私が関係を閉じた元夫とも、私との関係を閉ざした彼女とも、二人の間の扉が閉まって以来、一度も会っていません。

そもそも「閉じたり」「閉じられたり」は、軽い人間関係では起こりえないこと。一度閉じた扉がふたたび開くなど、そうあることとは思えません。

でも、それでよいのだと思います。

Time will tell.

時間がたてばわかることがあるのです。

「0」に還る

さて、前にもお話をしたように「9」好きな私ですが、還暦を目前にひかえた「9の年」はやはり特別なものでした。この年をどう過ごし、来たるべき「0の年」を迎えるか。これはなかなか思案のしどころでした。

最近の還暦祝いは、さまざまな趣向が目白押しです。私の周りを見ても、昔ながらの赤いちゃんちゃんこを着る人はあまりいません。真っ赤なドレスや真紅のラメ入りジャケットに身を包んでダンスパーティを開く人もいれば、秘かに習っていた歌や楽器をお披露目するコンサートを開く人もいます。

でも、どう考えても、私には「若さの再宣言」みたいなパーティは向いていません。

といって、赤いちゃんちゃんこも着たくない。誕生日が近づくにつれて、スタッフには「還暦祝いなんかやったらクビだからね」とキツ〜く申し渡しました。

そうしてコワモテで臨みながらも、じつは密かに日々実行していたことがあったのです。誕生日までの六十日間、一日を一年に見立てて、わが人生の六十年を逆順に振り返っていました。三月二一日でちょうど零歳に還るという計画です。

「二月二日、今日は仙台から静岡に引っ越した年か」

「二月一九日、今日は会社を創った年だわ」

「二月二七日、今日は離婚した年ね」

一日一年、これまでの来し方を愛おしみながら、ときには深く反省しながら過ごしていきました。

そして、いよいよ三月二一日、先勝の日。私は親友のナカヤマを誘って、朝早い東北新幹線に乗り込みました。目的地は生まれ故郷の仙台です。還暦当日は生地で迎えようと考えたのです。
「仙台市二十人町六五番地」が私のかつての本籍ですが、生まれたのは近所の産婦人科医院と聞いていました。四四年間、公私ともに私を蔭になり日向になり支えてくれたナカヤマは、今回は「助産婦さん」役です。私が生まれた時間はちょうど正午。この世に生まれ出た場所に立ち、その時間を共に迎えることにしました。

仙台も都市開発が進んでおり、二十人町六五番地という旧住居表示がどこを指すのか、地図を見ただけではわかりません。そこで、あらかじめ小学校時代の友達に連絡をとり、市役所で古い地図を探してコピーを送ってもらっていました。

午前十時半過ぎに仙台駅に着き、ホテルに荷物を預けてすぐ、タクシーで現地に向かいました。母から聞いていたのは今泉産婦人科医院。アタリをつけていたものの、降り立った場所は広大な造成地で、ところどころに掘り起こした土の山がある以外は更地でした。家らしい家もなく、ちょっと戸惑いました。

と、少し離れたところに、古い瀬戸物屋さんが見えました。昭和の初期のような建物。実際、何度か映画のロケでも使われたといいます。

店のご主人に聞くと、「やめたのか、どこかに移ったのか知らないけど、ずいぶん前になくなったよ。場所ねぇ……、あぁ、ほら、あそこにクリーニング屋さんの看板が見えるでしょ、あの辺りだったたと思うけどねぇ」と教えてくれました。

ところが、その場所に立ってみると、これは勘としか言いようがないのですが、「ここではない」という気がします。ピンとこないのです。

じゃあ、どこが私の Birthplace なのだろう？　正午まで、あと十数分。早くしないと間に合いません。急いで古い地図を広げて、検証し直しました。

たぶん、ここだろうと直感した場所は、新しい道路を作っている工事現場でした。

「ここよ、きっとここだわ！新しい道路だなんて、いかにもあなたらしいわよ」

ナカヤマが叫び、私もそう感じました。人と人とをつなぐ新しい道。六十年の時がたち、今こうして、私の生地は新しい道に生まれ変わろうとしている。なんだか嬉しくなりました。

幸い、日曜日なので工事はお休み。私たち以外には誰もいません。東京から持ってきたシャンパンを保冷袋から出しました。グラスは紙コップです。

正午ちょうど。二人で乾杯をしました。

暦をひと巡りして、私はまた生まれた場所にいる。

まさに原点回帰。

ここで人生をいったん閉じて、新しい人生の始まりを誓いました。

生き方のセンス

友達にも色々あって、幼なじみや学校時代の級友、会社の同僚や仕事仲間、子どもを通じた友達、ご近所の人などがいるでしょう。いつも一緒にいるうちに親しくなったり、なんとなく気の合う人を選んで友達関係を結んでいるのだと思います。

でも、考えてみれば、ほとんどの友達がその時々の自分の周りに偶然いた人たちです。それに「気が合う」ということは、必ずしも自分の価値観や生き方向性と合致していることを意味しません。

「新しい大人文化の創造」を掲げ、私が〈クラブ・ウィルビー〉(club willbe)を立ち上げたときに考えたのは、新しい終生の友(lifelong-friend)と出会える場の創造でした。

別の言い方をすれば、地縁や社会縁とは別の脈絡でつながる「生き方のセンスを共有できる友人」でしょうか。ここでいうセンスとは「あの人、センスいいわね」と言うようなときの趣味趣向を表すセンスではなく、人生の微妙な味わいを感じ取る能力という意味でのセンスです。

「腐れ縁と言われようが、永年つき合ってきて気心が知れている友達だけで充分。いまさら新しい友達なんて面倒くさくて、欲しくないわ」

そういう気持ちもよくわかります。すべてを一から始めるのかと思うと、たしかに億劫ですよね。でも、一から始めなくていい関係、関わりたいところだけで関わる友達ならどうでしょう？　自分の生い立ちや来し方を知らず、未知なる感性や価値観を刺激してくれる新しい友人です。

これまで私は、人と親しくなるのに時間がかかりました。

親しい人は沢山いますが、親友と呼べる人は、春夏秋冬を何回もくぐり抜け、長い歳月の中で起きたことを共感し合いながら友情を紡いできた人だけです。

彼ら・彼女らは私の性格も癖もほとんど知り尽くしています。一緒にいると心が和み、気が休まります。でも、仕事上の悩みや社会の課題について語り合う仲ではありません。私から話せばわかってくれると思いますし、慰めたり励ましたりしてくれるとも思います。とはいえ、仕事の細部について、こと改めて話す気にはなりません。

他方、社会的な場面で私をサポートしてくれるのは、私と一緒に働いている仕事仲間や折々私を叱咤してくれたり、導いてくれる人たちです。

この両者がいてこそ、私は私らしく生きていられるのだと思います。

ただ、最近はもっと別の出会いもあるような気がしています。

昔からの私を知らない人。私の駄目なところを厳しく追及しない人。今の私をそのまま受け入れてくれて「今」という時を一緒に楽しんでくれる人。「これまでのあなたを見ていると、それは無理よ」などと言わずに、この先の私と伴走してくれる人。そんな人たちと出会えたら、「やれそうにもないこと」に挑戦できる気がするのです。

そう思って周りを見回すと、そんな新しい友を求めている人が沢山いることに気づきます。定年で組織を離れ、職場の仲間と別れた途端、この先の人生の哀歓を分かち合う友がいないことに気づいた男性たち。子育てが終わって家庭生活にひと区切りつけた女性たちは、PTA仲間やご近所仲間だけでは物足りなくなっている自分に気がついています。

男女ともに平均寿命が八十歳を超える長寿時代、まだまだ先は長い。今までの友人も大切にしながら、新しい人生の伴走者をつくってみるのも素敵なことだと思います。

現代日本の大命題といわれる高齢化ですが、近頃は、時間の経過とともにあと二十年もすれば自然に解決する問題と捉えられるようになってきた気もします。

一方の大命題である少子化は未来に向けての深刻な課題で、こちらは対策の立て甲斐があるとばかりに次々と施策が打ち出されています。国の財政支出も高齢者から若者にシフトしはじめました。年金もおぼつかなくなりはじめた今、好むと好まざるとにかかわらず、大人たちは物心両面、できるだけ自立していかなくてはなりません。

幸いなことに、大人世代はみんな元気です。現代の五十歳以上の人たちは、心身ともに戦前世代の七掛けといわれます。実際、〈クラブ・ウィルビー〉でアンケート調査をしたところ、「実年齢より十歳から十三歳は若い」と自認している人が最も多いという結果でした。

世の中は閉塞感で満たされていますが、日本の大人たちはまだまだ人生を諦めてはいません。そう簡単にフェイドアウトしてたまるか、という気概もあります。そんなときに力を呼び起こしてくれるのが、今の自分が無理なくつき合える新しい友人です。

私が〈クラブ・ウィルビー〉を創った理由もそこにあります。人生の新しいステージと新しい役割を、新しい仲間とともに見つけ出したいと思ったのです。

創設して五年が過ぎ、今では全都道府県に約一万三千人のメンバーがいます。最年少が二一歳、最年長が八一歳、平均年齢は五三歳。男女比は、ほぼ半々です。

「より自分のセンスやテイストに合った人に出会えるのではないかと思って」

「自分と同じことをしている人に出会えそうな気がして」

年間数十のオリジナル企画を通して知り合ったメンバーが、共通の技や夢をもつ者同士とわかって親交を深めたり、旅友《たびとも》となって国内外の旅行に出かけたり……と、積極的に新しい人間関係を築いていいます。

それとなく見ていると、相手の人生に過度に立ち入らず、相手が言いたくなさそうなことは聞かないなど、節度と抑制の利いた、ほど良い関係です。

「自分史をどこからどう始めてもいいという関係が快いですね。私の過去を知っている友達だとこうはいきません。『あなたは昔からそうなのよ』とか、『いつかも同じことがあったわね』とか言われて、話が先に進まないですからね」

「離職とか離婚とか自分で閉じた歴史は言わなくていいし、ここまでのプロセスは言いたくなったら言えばいいという自由があるのがラクです」

「メンバーの人たちは自分のことだけをやっているのではなく、ボランティアとかチャリティとか、自分以外の人の幸せも考えている人が多いので、私もウカウカしてはいられないと励まされます」

メンバーがみな、それぞれに自分の世界をもち、それぞれの価値観で好きなことを実現している姿には敬服します。「何もできないんですよ」とおっしゃるので、「それなら無趣味の私と同じね」などと勝手に思ったらとんでもない。私には到底真似のできない珠玉の技をもっている人が大勢います。

主宰者の私が言うのもなんですが、みんなよくぞメンバーになってくださったと、その勇気に驚かされます。未知の世界へ飛び込むのには勇気が必要です。もし逆の立場だったら私は飛び込むだろうかと考えると、「かなり迷うかもしれない」と思います。こう見えて、じつは結構臆病なのです。

だから、その勇気に応えるためにも、私は誠心誠意、心を尽くしてクラブを運営しなければと思っています。代表としての役目ではなく、メンバー一人ひとりが、私の大切な lifelong-friend だからです。

孤独を味方につける

つい最近まで、独りでいることが苦手だと思っていました。

高校時代に初めてそう自覚し、以来、大人になってからもずっと、独りがいやでした。独りでいるくらいなら、嫌いな人とでもいいから、誰かと一緒にいるほうを選ぶ。外で独りきりで食事をするくらいなら、食べないほうがマシ。空腹を我慢して家に帰ってきたことも数知れません。

それなのに……。

「まずは自分自身と向き合うことです。自分は何がしたくて、何をしたくないのか。自分自身を見定めることです。そのために必要なのが独りで考えることです。友達とお喋りをしたり、一緒に美味しいものを食べていれば楽しいに決まっているけれど、それでは何も始まりません。本を読むのも、何かの技を修得するのも独りです。独りの時間こそがあなたを磨くのです。ぜひ独りでいることに強くなってください」

「人生で大事にすべきことは何ですか？」と講演会で質問されたりすると、こんなふうに答えてしまうのですから、われながらなんと厚顔なことかと思います。

人にこう話しながらもじつは、自分自身にたいして言っているのです。

あるとき、経営者の女友達が、面白い話を聞かせてくれました。

「いつまでもみんなに囲まれてちやほやされているとは思えないから、これからは全部自分でやろうと決めて、手始めに独りで食事ができるように訓練することにしたの。で、独りで食事するのに最も苦手そうな場所はどこかと考えたら、立ち食い蕎麦屋さんだと思ったの。独りで立ち食い蕎麦が食べられるようになったら、どこでも大丈夫だと思って」

たかが立ち食い蕎麦でそんなオーバーな、と言うことなかれ。経営者は一歩外に出れば、まさしく最前線の指揮官。リーダーとしてわが身を人前にさらし、たえず人の目に映る自分自身を意識しなくてはならないのです。女性であればなおのこと。むやみにスキを見せられません。

彼女はこうつづけます。

「それでね、家の近くから徐々にトライしてみたのよ。これが結構大変で、近所に知り合いがいるわけでもないのに、やっぱり人目が気になるのよね。で、少し離れた町から始めたの。だんだん平気になっていって、最後に会社のすぐ近くのお店に入れたときは、もうどこに行っても大丈夫だと思ったわ」

「ナルホド、そうか」と思って、私もさっそく実践してみることにしました。

群馬県で講演をした帰り、お腹が空いてきたので、駅のホームの立ち食い蕎麦屋さんで天ぷら蕎麦を食べてみようと思い、注文しました。

店のおじさんが熱い蕎麦を出してくれます。「うん、なかなか美味しい」。そう思いながら、フーフーお蕎麦をすすっていると……。

ちょうどそこに、私の講演を聴いた女性たち七、八人が現れたのです。

「わっ、残間センセイじゃないですか！（ちなみに、こういうときの「センセイ」は、たんなる社交上の呼び方です。）センセイもこういうところで召し上がるんですか？」

こちらが驚くほど驚かれてしまいました……。

「独りで立ち食い蕎麦を食べる訓練中なんですよ」なんて言い訳するのもおかしいし、そこで突然食べるのをやめたらお蕎麦屋さんに悪いし、バツの悪い思いをしながら全部平らげたのでした。

あれで、ずいぶん吹っ切れたような気がします。今ではたまに独りでラーメン屋さんにも定食屋さんにも入ります。

二五年ぶりに独り身になってみたら、苦手どころか、独りがこんなにも素敵なことだったのかと思い知りました。介護ホームにいる母のことがたえず頭の片隅にありますが、それでも自由で爽やかで解放感がいっぱいです。名実ともに独りになって、ますます独りでいることの大切さを感じるようになりました。

独りで自分と対峙する時間を、私は「絶対孤独時間」と呼んでいます。外の世界との交わりを閉じて、ひたすら自分自身と向き合い、対話する時間です。作家やアーティスト、クリエイターなど、自分の内なるところから何かを発掘し表現する人は必ず絶対孤独時間をもっています。いえ、絶対孤独時間がなければ創造などできないのです。

寺島実郎さんは、東京にいるときはどんなことがあっても、二三時には書斎の机に向かうと決めているそうです。

「本を読んで、知りたかったことに巡り合ったり、真理に近づいたり、それを自分なりに解釈して文章にしたりしているときが至福なんですよ。独りでものを考えていることの時間だけは、どんなことがあっても手放したくないのです」

最近は会合の数も絞っているようで、一次会は出ても二次会にはほとんど来ません。私の観察するところでは、二一時を過ぎる頃には消えています。宴席でのお酒も、ビールを少々と焼酎の梅干入りお湯割を一杯と決めているようです。

仲間うちで食事会をしているときは、「もう少し興に乗って、羽目を外してくれてもいいのに……」と淋しくなることもありますが、ストイックな寺島さんの固い決意をみな知っているので何も言いません。


私は朝起きてから夜(あるいは早朝)寝るまで、ほぼ一時間おきにメールチェックをしています。夜中までメールが届きますが、二六時すぎのメールは、ほとんどが作家の幸田真音《こうだまいん》さんからです。

「相変わらずこんな時間まで原稿書きに追われています」という言葉とともに、近況が綴られています。私もすぐ返信し、しばしメールでの会話を楽しみます。こんなときは、「真音さんも今、絶対孤独時間の中にいるのだ」と励まされます。いわば、真夜中の友です。

私の絶対孤独時間は、二四時から二七時の時間帯。

仕事上の重要な決断や個人的なことで決意をかためるのは、決まってこの時間帯です。「よし、今夜は徹底的に自分と向き合おう」と、自分で自分を断崖絶壁に立たせると、思いもよらない力が出てきます。

やる気は、やり始めなくては出てきません。「とても無理だろう」と思うことに直面しても、絶対孤独時間の中で自分と静かに向き合うと、おのずと気持ちが動き出し、身体が前に進むようになるものです。そういう経験を何度か積み重ねていくと「いざとなれば私はできる」と、自分で自分を信じられるようにもなります。

立ちはだかる壁を乗り越え、視界をさえぎる暗雲を振り払えるかどうかは、独りで闘う覚悟をもてるかどうかにかかっています。その覚悟をもつために、絶対孤独時間が必要なのです。言い換えれば「孤独を味方につける」ということです。

すべての公職を捨てて命がけの航海に出た月尾嘉男さんも、フィリピンの子どもたちの力になろうと奔走する光安久美子さんも、競争社会から降りて修行僧になった藤田一照さんも、仕事の勘が狂ったら尼寺に行くと決めている北村明子さんも、愛する人と二人で歩む人生をえらんだ三浦百惠さんも、新しい未来図を描き再び挑戦を始めた大里洋吉さんも、みな孤独を味方につけたからこそ、閉じる幸せを得て今の輝きがあるのではないかと思うのです。

おわりに

「岩波書店新書編集部」と印刷された茶封筒が届いたのは、立春が過ぎて間もない頃でした。「私に、あの岩波書店から？　何かしら？」。開いてみたら、私が四年間パーソナリティを務めていたラジオ番組のファンという編集者から「本を書きませんか？」という手紙が入っていました。直筆の真面目な手紙ではありましたが、思い入れると糠喜びになるような気がして、しばらくそのままにしていました。

それというのが、その年の立春までの一年間は、「今年こそ、何か新しい光明をつかむぞ」と、意気込んでいたのです。傍らで老いと闘っている母を見ていたせいもあって、このまま朽ちていくのだけはイヤだと、エネルギー全開で挑んでいました。

それなのに、何もかもが暗転していったのです。

立春の前日。節分の豆をまきながら「もう頑張るのはよそう」と決めました。

そんなとき茶封筒が舞い込んだのです。落胆することになっても、駄目で元々。「何が起きてもケセラセラ、なるようになるわ」と思いながら連絡をとってみました。

内容については随分考えました。そして行き着いたのが「閉じる」というキーワードです。私らしくないと言った人もいましたが、私がずっと探していた言葉でした。

書き終えた今、もう一度、人生に自分の花を咲かせるために、ここはいったん閉じて、力を蓄え、時を得て、新しい種をまこうと思っています。

一年間の思い入れが空転したあとの脱力していた私を、岩波新書編集部の永沼浩一さんは根気よく導いてくれました。心から感謝しています。この本を書いたことで、これまでの私を閉じることが出来たような気がしています。

みなさまにとっても、本書が新しい世界を開く鍵になることを願っております。

残間里江子

残間里江子

1950年仙台市生まれ．アナウンサー，雑誌記者，編集者などを経て，現在，プロデューサー．『蒼い時』(山口百恵著)の出版をはじめユニバーサル技能五輪国際大会など数々の企画・イベントをプロデュース．ラジオのパーソナリティ，テレビのコメンテーターとしても活躍．2009年「新しい大人文化の創造」を基本テーマに〈クラブ・ウィルビー〉を立ち上げ，その代表も務める(http://www.club-willbe.jp)．著書に『人と会うと明日が変わる』(イースト・プレス)，『モグラ女の逆襲』(日本経済新聞出版社)，『それでいいのか蕎麦打ち男』(新潮社)ほかがある

閉じる幸せ　岩波新書(新赤版)1510

2014年10月21日　第1刷発行
2015年6月5日　第3刷発行

著　者　残間里江子《ざんまりえこ》

発行者　岡本　厚

発行所　株式会社　岩波書店
〒101-8002　東京都千代田区一ツ橋2-5-5
案内 03-5210-4000　販売部 03-5210-4111
http://www.iwanami.co.jp/

新書編集部 03-5210-4054
http://www.iwanamishinsho.com/

印刷・三陽社　カバー・半七印刷　製本・中永製本

ISBN 978-4-00-431510-0　Printed in Japan

岩波新書新赤版一〇〇〇点に際して

ひとつの時代が終わったと言われて久しい。だが、その先にいかなる時代を展望するのか、私たちはその輪郭すら描きえていない。二〇世紀から持ち越した課題の多くは、未だ解決の緒を見つけることのできないままであり、二一世紀が新たに招きよせた問題も少なくない。グローバル資本主義の浸透、憎悪の連鎖、暴力の応酬——世界は混沌として深い不安の只中にある。

現代社会においては変化が常態となり、速さと新しさに絶対的な価値が与えられた。消費社会の深化と情報技術の革命は、種々の境界を無くし、人々の生活やコミュニケーションの様式を根底から変容させてきた。ライフスタイルは多様化し、一面では個人の生き方をそれぞれが選びとる時代が始まっている。同時に、新たな格差が生まれ、様々な次元での亀裂や分断が深まっている。社会や歴史に対する意識が揺らぎ、普遍的な理念に対する根本的な懐疑や、現実を変えることへの無力感がひそかに根を張りつつある。そして生きることに誰もが困難を覚える時代が到来している。

しかし、日常生活のそれぞれの場で、自由と民主主義を獲得し実践することを通じて、私たち自身がそうした閉塞を乗り超え、希望の時代の幕開けを告げてゆくことは不可能ではあるまい。そのために、いま求められていること——それは、個と個の間で開かれた対話を積み重ねながら、人間らしく生きることの条件について一人ひとりが粘り強く思考することではないか。その営みの糧となるものが、教養に外ならないと私たちは考える。歴史とは何か、よく生きるとはいかなることか、世界そして人間はどこへ向かうべきなのか——こうした根源的な問いとの格闘が、文化と知の厚みを作り出し、個人と社会を支える基盤としての教養となった。まさにそのような教養への道案内こそ、岩波新書が創刊以来、追求してきたことである。

岩波新書は、日中戦争下の一九三八年一一月に赤版として創刊された。創刊の辞は、道義の精神に則らない日本の行動を憂慮し、批判的精神と良心的行動の欠如を戒めつつ、現代人の現代的教養を刊行の目的とする、と謳っている。以後、青版、黄版、新赤版と装いを改めながら、合計二五〇〇点余りを世に問うてきた。そして、いままた新赤版が一〇〇〇点を迎えたのを機に、人間の理性と良心への信頼を再確認し、それに裏打ちされた文化を培っていく決意を込めて、新しい装丁のもとに再出発したいと思う。一冊一冊から吹き出す新風が一人でも多くの読者の許に届くこと、そして希望ある時代への想像力を豊かにかき立てることを切に願う。

（二〇〇六年四月）